Rick Vilain: Gayliebter Sportsfreund

AF191019

Die in diesem Buch geschilderten Handlungen sind fiktiv. Jede Ähnlichkeit mit lebenden oder verstorbenen Personen ist rein zufällig.

Im verantwortungsbewussten sexuellen Umgang miteinander gelten die Safer-Sex-Regeln. Der Autor appelliert an alle Leser, diese Regeln einzuhalten.

Rick Vilain ist das Pseudonym eines Mannes, der mit dem Schreiben von Gay-Erotik seine Wünsche, Träume und Erfahrungen verbindet. Heraus kommen anregende Reisen in die Welt der erotischen Sinnlichkeit, wie sie nur zwischen Männern entstehen können.

Rick Vilain

Gayliebter Sportsfreund

Homoerotische Liebesgeschichte

© 2023 Rick Vilain

Herstellung und Verlag: BoD – Books on Demand,
Norderstedt

Printed in Germany

ISBN 978-3-7578-7890-0

Inhaltsverzeichnis

Die erste Begegnung

Schon seit fast einem Jahr besuchte ich regelmäßig das Schwimmbad, um dort eine Stunde meine Bahnen zu ziehen. Das machte ich, weil es mir Spaß bereitete, zum anderen wollte ich aber auch fit und begehrenswert sein. Als Single rechnete ich mir größere Chancen aus, wenn man mir das Sporttreiben ansah. Wobei sich die Suche nach einer Partnerschaft etwas schwierig gestaltete, denn als schwuler Mann kann man ja nicht einfach einen Mann anflirten – das heißt, man kann es schon, aber wenn er hetero ist, riskiert man eine Tracht Prügel. Trotz dieser Problematik hatte ich die Hoffnung noch nicht aufgegeben, meinen ‚Mr. Right' zu finden - immerhin war ich erst fünfundzwanzig Jahre alt und in bester körperlicher und gesundheitlicher Verfassung. Dennoch trieb ich viel Sport, denn für den Fall, dass ich den Richtigen finden würde, wollte ich auf jeden Fall fit und begehrenswert sein. Außerdem dachte ich, dass das Schwimmen den Vorteil hätte, die süßen Männer in ihren schicken Badehosen sehen zu können – und mich ebenfalls präsentieren zu können.

Leider war es am Nachmittag immer viel zu voll, um in Ruhe schwimmen zu können, sodass ich schon vor ein paar Wochen dazu übergegangen war, morgens im Schwimmbad zu sein.

Dort war es üblich, dass man die anderen Schwimmer begrüßte, allerdings durfte man als Neuling in der morgendlichen Runde nicht immer auf eine Erwiderung hoffen. Die Nutzer des Schwimmbades waren so früh am Morgen fast ausschließlich Rentner, die schon seit vielen Jahren immer zur gleichen Zeit ihre Bahnen schwammen und stur auf ihren Geraden beharrten. Jeder Neuling wurde misstrauisch beäugt und wurde gezwungen, immer auszuweichen, um keinen Streit zu bekommen. Also schwamm ich in den ersten Monaten ständig kreuz und quer und gewöhnte mich an die Marotten der anderen. Von den älteren Herren schien auch niemand Interesse an mir zu haben, was ich schon anders erlebt hatte. Aber gut, dann sollte es hier eben keinen Flirt geben, weshalb ich mich auf mein Trainingsprogramm konzentrierte.

Nach rund vier Monaten wurde plötzlich mein in die Runde geworfener Morgengruß erstmals erwidert, danach grüßten immer mehr von den Rentnern. Auch diejenigen, die nach mir kamen, begrüßten mich im Laufe der Zeit, was anfangs ein komisches Gefühl war. Ich gewöhnte mich aber rasch daran - nach der langen Zeit wurde ich von den Stammgästen als Frühschwimmer akzeptiert.

Danach gingen wieder mehrere Wochen ins Land. Beruflich lief alles gut für mich, nur privat war ich immer noch alleine. Zwar besuchte ich einige Lokale und Clubs, aber dort wollte man mit mir immer nur eine schnelle Nummer schieben. Das behagte mir zwar nicht, weil ich auf der Suche nach einem festen Freund war, aber dennoch ließ ich mich manchmal auf eine schnelle Nummer ein. Tief in meinem Herzen war ich jedoch romantisch veranlagt und es war nicht schön, gleich nach dem Aufwachen aus der Wohnung komplimentiert zu werden – sofern ich überhaupt solange bleiben durfte, denn manchmal wurde ich auch gleich nach dm Sex regelrecht hinausgeworfen. Gut, ein Fick in einer Wohnung war immer noch besser als auf einem Parkplatz genommen zu werden, aber ich sehnte mich nach wahrer Liebe, nicht nur nach Sex.

Inzwischen war ich schon sehr lange Zeit regelmäßiger Gast im Schwimmbad und dort fünf Tage in der Woche zu finden. Ich kannte inzwischen alle Mitschwimmer vom Sehen, manche sogar mit Namen. Als ich aber eines Morgens zu meiner üblichen Zeit die Schwimmhalle betrat, erblickte ich ein neues Gesicht. Ein Mann in meinem Alter zog bereits seine Bahnen oder besser, er versuchte es. Er hatte die gleichen Probleme mit den Sturköpfen wie ich und musste immerzu auseichen. Das brachte mich zum Schmunzeln: So sah es also aus, wenn man neu dazukam. Ich kannte das ja bislang nur aus meiner Perspektive.

Ich bemühte mich, möglichst unauffällig in die Nähe des Neuankömmlings zu gelangen. Mit etwas Mühe gelang mir das und ich begrüßte ihn freundlich. Er sah kurz zu mir herüber und grüßte mit einem Lächeln zurück. Dabei konnte ich für einen kurzen Moment sein ebenmäßiges Gesicht sehen und tief in seine Augen sehen, die von einer Strähne nassen, schwarzen Haares umrahmt waren. Er sah unglaublich süß aus! Ich war vollkommen hingerissen und verstand nun die Berichte von der Liebe auf den ersten Blick!

Wir zogen nebeneinander unsere Bahnen und wichen immer wieder den anderen Schwimmern aus. Dadurch entfernten wir uns immer mal wieder etwas voneinander, aber ich war stets bemüht, so rasch wie möglich wieder in seine Nähe zu kommen. Leider war er so auf das Schwimmen konzentriert, dass ich glaubte, er würde mich überhaupt nicht wahrnehmen. Natürlich konnte sich auf diese Weise kein Gespräch ergeben, was ich sehr bedauerte, denn ich hätte ihn nur zu gerne etwas näher kennengelernt.

Genau wie ich schien er sich eine bestimmte Zeitspanne zum Schwimmen gesetzt zu haben. Da er vor mir im Wasser war, verließ er es auch vor mir. Dabei konnte ich seinen durchtrainierten Körper bewundern, der in schwarzen Badeshorts steckte und keinen Wunsch offen ließ. Sein schwarzes Haar war mit Ausnahme der Strähne vor der Stirn modisch geschnitten, aber sie passte perfekt zu ihm. Seine Badeshorts bedeckten zwar seine edelsten Teile, aber durch den Stoff war deutlich erkennbar, dass er gut bestückt war. Obwohl ich aus Sicherheitsgründen nur ganz kurz hingesehen hatte, war mir richtig heiß geworden. Zudem begann mein Herz plötzlich wie wild zu rasen und meine Badehose spannte gewaltig, weil mein Glied beim Anblick des neuen Schwimmers mächtig gewachsen war und heftig gegen den dünnen Stoff drückte. Am liebsten wäre ich sofort aus dem Becken gestiegen und ihm hinterhergerannt. Im letzten Augenblick hielt mich aber zum Glück meine innere Stimme zurück – was hätte ich denn im Duschraum machen sollen? Ihm um den Hals fallen oder ihn anstarren, während er sich duschte? Wie alle Schwimmer würde er sicher nackt unter der Dusche stehen, und bei dem Gedanken an seinen Prachtkörper voller Seifenschaum, an dem langsam das Wasser hinabrann, wurde mir noch viel heißer ums Herz und auch mein Glied war von einem wilden Feuer in Flammen gesetzt worden. Ich musste mich ganz gewaltig zusammenreißen, um mir vor den anderen Schwimmern meinen Gemütszustand nicht anmerken zu lassen oder die brennende Lust selber zu befriedigen.

Von meinem selbstgesteckten Schwimmziel waren noch knapp fünfzehn Minuten übrig. Ich zwang mich, im Wasser zu bleiben und weiter meine Bahnen zu ziehen. Meine Gedanken kreisten dabei aber immerzu um den Unbekannten, dessen bloßer Anblick ausgereicht hatte, mein Herz im Sturm zu erobern.

Unverhoffte Offenbarung

Da der unbekannte Schwimmer und ich das Durchschnittsalter der Frühschwimmer enorm absenkten, verband uns gleich eine Gemeinsamkeit. Unsere Begrüßung bestand von Anfang an nicht nur aus einem einfachen Kopfnicken, sondern aus einem freundlichen, beinahe fröhlichen ‚Guten Morgen'. Nach kurzer Zeit wechselten wir ein paar Worte zur Begrüßung und zum Abschied, aber während des Schwimmens konzentrierten wir uns auf unsere Bahnen – wobei meine Gedanken eher anderer Natur waren, aber zum Glück konnte ja niemand Gedanken lesen.

Im Laufe der nächsten Tage gelang es mir, mehr als nur ein paar Worte mit ihm zu wechseln – meistens dann, wenn er das Becken verlassen wollte. Bei diesen Gelegenheiten erfuhr ich, dass er Martin hieß und siebenundzwanzig Jahre alt war. Er wollte ebenfalls etwas für seine Gesundheit tun und kam deshalb morgens ins Schwimmbad, damit er den Nachmittag zum Laufen oder für das Fitnessstudio frei hatte. Während er mir diese Details anvertraute, hatte ich Mühe, seinen Worten zu folgen, weil meine Augen viel zu sehr auf seinen unglaublichen Oberkörper fixiert waren, während ich seine Körpermitte eher schamhaft streifte. Natürlich entgingen ihm meine Blicke nicht, da ich noch nie sehr gut im Verstellen war.

»Betrachtest du meinen Brustkorb?«

»Äh – nun ja, du bist so – so durchtrainiert, das sieht toll aus.«

»Du siehst auch gut aus und hast beste Voraussetzungen, so wie ich auszusehen. Du musst nur intensiv genug trainieren, das ist das ganze Geheimnis. Das Schwimmen ist eine gute Basis, aber vielleicht versuchst du es zusätzlich noch mit einem Fitnessstudio.«

Ich hätte ihn zu gerne gefragt, in welchem Studio er Mitglied ist, aber da war er schon dabei, das Becken zu verlassen. Schade, aber immerhin hatten wir ein paar private Worte miteinander gewechselt. Meine Gefühle für Martin waren riesengroß, und schon beim Gedanken an ihn klopfte mein Herz wie verrückt. Leider wusste ich immer noch nicht, ob er auf Männer oder auf Frauen stand. Bei seinem Aussehen konnte er sicher jede oder auch jeden haben! Ich hätte mich ihm sofort hingegeben!

In den nächsten Tagen malte ich mir in jeder freien Minute und vor allem dann, wenn wir nebeneinander unsere Bahnen zogen, aus, wie es wohl wäre, in seinen Armen zu liegen und ihn zu liebkosen. Zu gerne hätte ich ihn an Ort und Stelle heiß und innig geküsst, aber da wir mitten im Schwimmbad waren, musste ich mich leider zusammenreißen und beherrschen, auch wenn es mir noch so schwer fiel.

Da ich keinen Ärger wollte, behielt ich meine Gefühle und Fantasien für mich – vor allem im Duschraum des Schwimmbades dachte ich krampfhaft bemüht an alles Mögliche, nur nicht an ihn. Es wäre ja auch zu peinlich gewesen, denn der Gedanke an Martin ließ nicht nur mein Herz hüpfen, sondern die Erregung wirkte sich auch zwischen meinen Beinen aus. Nicht auszudenken, wenn ich plötzlich unter der Dusche eine Erektion bekommen hätte, womöglich noch vor den Augen eines der Rentner – in dem Fall hätte ich mich nie wieder in dem Bad blicken lassen können!

Da Martin gewöhnlich vor mir im Schwimmbad war, lief seine selbstgewählte Trainingszeit vor meiner ab. Ich hatte schon überlegt, ob ich einfach mal früher kommen sollte, aber mir war dafür bislang noch keine halbwegs glaubwürdige Begründung eingefallen, die ich Martin hätte nennen können. Zudem würden die Rentner mit Sicherheit nachfragen, warum ich meine gewohnten Zeiten geändert hätte. Diese ganze Diskussion könnte Martin mitbekommen, was mir peinlich gewesen wäre, denn immerhin sollte er nicht den Eindruck bekommen, dass ich ihm nachsteigen würde – falls er hetero wäre, könnte er unangenehm werden. Dann hätte ich ein gewaltiges Problem, und das wollte ich vermeiden. Für ein Outing war ich noch nicht bereit, geschweige denn für ein Zwangsouting!

Wegen seines frühen Kommens verließ mein Traummann das Schwimmbecken natürlich auch immer einige Zeit vor mir und war weg, bevor ich mit dem Schwimmen, Duschen und Anziehen fertig war. Aber dann war mir das Glück eines Tages hold: Martin kam kurz nach mir in den Schwimmbereich. Ich hatte mir schon Sorgen gemacht, denn er hatte noch keinen Tag gefehlt.

Als er nun kurz nach mir in den Schwimmbereich kam stockte mir bei seinem Anblick zunächst der Atem, denn mir wurde klar, dass wir uns nur um Haaresbreite unter der Dusche verfehlt haben mussten. Sofort begann meine Fantasie zu sprudeln und malte sich die tollsten Sachen aus. Während mein Inneres komplett aufgewühlt war bei dem Gedanken, dass ich meinen Traummann unter der Dusche hätte sehen können und er dabei vielleicht sogar nackt gewesen wäre, bemühte ich mich nach außen um Aufrechterhaltung des Anscheins der Normalität.

»Hallo«, begrüßte ich ihn, »heute so spät?«

»Ja, mein Wecker ist kaputt«, kam die einsilbige Antwort. Daraufhin hielt ich es für ratsamer nichts mehr zu sagen.

Da wir an diesem Tag beinahe zeitgleich mit dem Schwimmen begonnen hatten, hörten wir auch zeitgleich auf. Martin war als erster aus dem Wasser und im Duschbereich, da ich wegen diverser Ausweichaktionen fast eine ganze Bahnlänge hinter ihm war. Endlich hatte ich es aber auch geschafft und verließ schnell das Wasser.

Auf dem Weg zu den Duschen wurde mir plötzlich bewusst, dass mein Traummann dort sicher wie alle anderen Schwimmer auch nackt unter der Dusche stehen würde, um sich das Chlorwasser vom Leib zu spülen. Bei dem Gedanken, seinen durchtrainierten Körper in voller Größe und dazu noch vollkommen unbekleidet sehen zu können, wurde mir ganz heiß. Mein kleiner Freund reagierte auch sofort und drohte, meine knappe Badehose zu sprengen. Am liebsten wäre ich gleich wieder ins Becken gesprungen und hätte noch ein paar Bahnen gezogen, um mich zu beruhigen und die Erregung abklingen zu lassen, aber das ging natürlich nicht – ich hatte ja schon fast die Tür zum Duschraum erreicht, die den Schwimmbereich von den Männerduschen trennte. Nun gab es kein Zurück mehr, anderenfalls hätte es viele fragende Blicke und ganz bestimmt eine Unmenge an bohrenden Fragen gegeben. Also musste ich da durch und schauen, dass ich die Situation unbeschadet überstehen würde.

Ich atmete nochmal tief durch, dann öffnete ich kurzentschlossen die Tür und betrat den Duschraum. Sofort erblickte ich meinen Traummann, der auf der linken Seite des Raumes stand und eine der mittleren Duschen nutzte. Außer uns beiden befand sich niemand im Raum.

Wie nicht anders zu erwarten war, stand er nackt unter der Dusche und bot einen imposanten Anblick. Da er mit dem Rücken zur Duschwand stand, konnte ich problemlos seine gesamte Vorderseite sehen. Ich bemühte mich, ihn nicht anzustarren, aber natürlich zog sein Glied meinen Blick magisch an. Auch wenn sein Penis schlaff herabhing, war er immer noch sehr imposant und mindestens so lang wie mein Gerät in erregtem Zustand. Was musste das für ein Gefühl sein, ihn in mir zu spüren!

Beim Anblick von diesem Prachtstück regte sich sofort mein Glied und verstärkte seinen Druck auf den dünnen Stoff meiner Badehose. Innerlich verfluchte ich meine Entscheidung, statt einer etwas weiter geschnittenen Badeshorts nur eine normale, knapp sitzende Badehose angezogen zu haben, die recht eng anlag und nun ganz gewaltig spannte. Es war klar, dass mein Penis beim Ausziehen der Badehose wie ein Springmesser daraus hervorhüpfen würde. Das könnte Martin unmöglich verborgen bleiben und das wiederum könnte für mich Ärger bedeuten - denn wenn er nicht schwul war, wäre eine sehr unfreundliche Reaktion zu erwarten – vielleicht nicht hier in der Dusche, aber er könnte auf dem Parkplatz auf mich warten und mir sogar eine reinhauen. Mit solchen Reaktionen musste man immer rechnen, und unwillkürlich kam die Erinnerung an meinen ersten unbeholfenen Flirtversuch vor ein paar Jahren hoch. Leider war der Auserkorene hetero und mochte es überhaupt nicht, von einem Mann angebaggert zu werden. Nur um Haaresbreite war ich damals einer Tracht

Prügel entkommen und wollte nicht noch einmal in eine solch brenzlige Situation geraten. Ich musste also extrem vorsichtig sein und bereute schon meinen Entschluss, nach der üblichen Zeit mit dem Schwimmen aufgehört zu haben anstatt noch ein paar Bahnen dranzuhängen. Auf diese Weise hätte ich das Zusammentreffen in der Dusche vermieden, aber die Aussicht, Martin nackt unter der Dusche sehen zu können, hatte meinen Verstand vollständig ausgeschaltet. Nun befand ich mich also in einer sehr misslichen Lage.

Da ich nicht ewig an der Tür stehen bleiben konnte, ging ich betont gleichgültig in den Raum und wählte eine Dusche auf der rechten Seite und etwas versetzt von Martin. Im Vorbeigehen konnte ich nicht widerstehen, einen neuerlichen Blick auf seine Intimzone zu werfen, und da er immer noch mit dem Gesicht zu mir stand, konnte ich ungehindert auf sein Glied schauen. Du meine Güte, war das ein Prachtstück – mein erster flüchtiger Eindruck hatte mich nicht getäuscht! Sofort raste mein Herz wie ein Rennwagen und mein Mund war plötzlich so trocken wie die Wüste Gobi. In meiner Badehose hatte ich die gewaltigste Erektion meines Lebens, die ich nie und nimmer vor ihm verbergen konnte. In meiner Verzweiflung zog ich es vor, meine Badehose unter der Dusche anzubehalten und jeglichen Blick in Martins Richtung zu vermeiden. Das fiel mir natürlich verdammt schwer, aber wer weiß, wie er reagieren würde, und am nächsten Tag wären wir beide wieder hier, was für mich sehr peinlich werden würde. Also widerstand ich, ihn anzusehen, aber das kostete mich unglaublich viel Kraft. Der Drang nach einem kurzen Blick auf diesen tollen Körper war gewaltig, aber ich schaffte es tatsächlich, ihm zu widerstehen.

Geradezu krampfhaft bemüht, die Anwesenheit meines Traummannes auszublenden, seifte ich mich rasch mit meinem Duschgel ein und wollte mich gerade abduschen, als Martin plötzlich von hinten fragte: »Duscht du immer mit Badehose?«

Erschrocken fuhr ich herum. Tatsächlich, Martin hatte mich angesprochen. Seine Mundwinkel zuckten, als wollte er ein Lachen unterdrücken.

Ich hatte nicht damit gerechnet, von ihm unter der Dusche angesprochen zu werden und wurde jetzt kalt erwischt. Fieberhaft suchte ich nach einer passenden und halbwegs logisch klingen-den Begründung, aber mir fiel einfach nichts ein. Aber antworten musste ich ihm, und das schnell, sonst würde er sonst etwas von mir denken.

Ich sah seinen fragenden Blick auf mir ruhen und stammelte: »Äh – nein, ich – also – äh nur heute.«

»Nur heute? Warum das denn?«

»Äh – ich bin in Eile.«

Langsam trat er auf mich zu.

»Mit dem Ausziehen der Badehose verlierst du aber kaum Zeit.«

Sein prüfender Blick brannte auf meinem Körper.

»Was ist das da?«, fragte er und deutete unvermittelt auf die Beule in meiner Badehose.

»Das – äh – das ist nichts, alles gut.« Rasch wandte ich ihm wieder den Rücken zu und wollte schnell zu Ende duschen, um aus dem vermaledeiten Raum herauszukommen.

»Sieht mir nach einer verdammt heftigen Erektion aus«, hakte er nach.

Jetzt keimte Panik in mir auf.

»Nein, du irrst dich, alles ganz normal.«

»Stehst du etwa auf mich?«

Hektisch drehte ich mich zu ihm: »Bitte, ich will keinen Ärger!«, flehte ich ihn leise an.

»Was ist denn los?«

»Nichts, gar nichts.«

»Das glaube ich nicht.« Er musterte mich mit prüfendem Blick. Dann fragte er unvermittelt: »Hast du etwa Angst vor mir? .«

Jetzt trat er ganz dicht an mich heran und sah mir dabei fest in die Augen. Normalerweise hätte mich diese Nähe in Ekstase versetzt, aber in dieser Situation empfand ich nichts als Panik.

»Nein – nein, habe ich nicht«, stammelte ich wenig glaubhaft.

»Ich glaube schon. So etwas spüre ich – genau wie deine Blicke, mit denen du mich seit meinem ersten Tag hier im Schwimmbad anstarrst, geradezu verschlingst.«

Entsetzt sah ich ihn an. Er hatte es bemerkt und womöglich meine Gefühle für ihn erraten? Das fühlte sich jetzt nicht gut an. Verdammt, wie konnte ich nur annehmen, dass ihm mein Anhimmeln entgangen sein könnte!

Nun war also der Moment der Wahrheit gekommen, in dem er auf meine Blicke reagieren würde. Die Frage war nur, ob es für mich schlimm oder sehr schlimm werden würde.

»Bitte, das war nicht so gemeint!« flehte ich ihn an.

Einem Reflex folgend hob ich rasch meine Arme ein wenig an und bettelte: »Bitte, ich will keinen Ärger!«

Betreten richtete ich meinen Blick auf den Boden, den ich aber wegen meiner ängstlich geschlossenen Augen nicht sah. Bestimmt würde er mir gleich unmissverständlich seinen Unmut kundtun, mich wahrscheinlich sogar schlagen.

Meine Befürchtung erfüllte sich jedoch nicht, denn statt übelster Beschimpfungen und vielleicht sogar einem Faustschlag vernahm ich lediglich ein fest gesprochenes Wort:»Dummkopf!«

Da der befürchtete Faustschlag ausblieb, öffnete ich langsam meine Augen und sah hoch.

Martin fasste mit einer Hand unter mein Kinn und hob meinen Kopf an. Sofort zuckte ich ängstlich zusammen, doch er sah mir nur fest in die Augen

»Du hast tatsächlich Angst vor mir?«

Unfähig, etwas zu sagen, nickte ich zaghaft.

Seine Lippen umspielte plötzlich ein breites Lächeln.

»Entspann dich, Kleiner, ich tue dir nichts.«

Zur Bekräftigung seiner Worte nahm er die Hand von meinem Kinn und legte sie auf meinen Hinterkopf, sodass ich den Kopf nicht mehr bewegen konnte. Bevor ich auf seinen Griff reagieren konnte, näherte sich sein Kopf und rasch

24

drückte er mir einen festen Kuss auf den Mund. Seine Lippen schmeckten himmlisch und ich spürte, wie meine Beine ganz weich wurden und nachzugeben drohten.

Dann war der schöne Moment vorbei. Unsere Lippen lösten sich voneinander und er trat zwei Schritte zurück.

»Vor mir brauchst du keine Angst zu haben!«

Meine Erleichterung war riesengroß, aber die Beine zitterten mir noch immer. Die Angst der letzten Minuten fiel nur ganz langsam von mir ab, auch wenn der Nachhall des Kusses diesen Prozess beschleunigte.

Plötzlich trat er wieder ganz dicht an mich heran. Im nächsten Moment spürte ich seine andere Hand in meinem Genitalbereich. Sie presste sich fest auf mein Glied und ich konnte durch den dünnen Stoff der Badehose hindurch die Wärme seiner Hand fühlen.

»Du hast einen geilen Riemen«, raunte er mir ins Ohr.

In meinem Kopf ging es drunter und drüber, weshalb mir die Worte fehlten. Also nickte ich lediglich.

»Dein Schwanz ist ja richtig heiß, er glüht geradezu vor Lust.«

»Ja«, hauchte ich matt.

Sofort begann er, meinen Ständer zu drücken und zu reiben. Anfangs schielte ich noch ängstlich zur Tür aus Sorge, dass uns ein anderer Badegast überraschen könnte, aber diese Furcht wurde rasch von der Lust überlagert.

Wieder hörte ich Martins Stimme ganz dicht an meinem Ohr flüstern:»Genieße es!«

Das tat ich, oh ja, und wie ich es genoss! Da meine Badehose noch vom Schwimmen nass war, ahnte ich mehr das Austreten des Vorsamens als dass ich es wusste.

Der Druck seiner Finger wurde kräftiger, sein Reiben intensiver und immer fordernder. Während er meinen Ständer und die Hoden massierte, küsste er mich immer wieder heiß und innig auf den Mund.

Da mich sein Anblick im Schwimmbereich und dann die flüchtige Betrachtung seines Schwengels im Duschraum schon mächtig erhitzt hatten, war ich bei seinen Küssen und unter den Berührungen seiner Hand geradezu überreif. Ich spürte die rasch aufsteigende Lust, dabei wollte ich diese Situation doch so lange wie möglich genießen. Aber das war ein aussichtsloses Unterfangen, denn er wusste nur zu genau, wie er mich fertigmachen konnte. Heiß und brodelnd wie Lava stieg der Saft meinem Glied empor. Noch eine letzte Anstrengung von mir, um den Ausbruch hinauszuzögern – aber es war vergeblich.

»Oh, Mann!«, stöhnte ich, dann sackte ich in die Knie, während sich mein Lustsaft in mehreren Schüben in die Badehose ergoss. Es war lange her, dass ich in die Hose gespritzt hatte, aber immerhin fiel der feuchte Saft wegen des Wassers aus dem Schwimmbecken optisch nicht auf. Allerdings klebte der Saft sehr stark, sodass ich nun wohl doch die Badehose zum Duschen ausziehen musste.

Martin hielt mich noch immer mit festem Griff auf den Beinen.

»Na, das ging aber schnell«, schmunzelte er.

»Ja, ich – ich – du hast mich – scharf gemacht – und jetzt fix und fertig«, keuchte ich und rang nach Luft.

»Gut, dass du die Badehose anhast, sonst hättest du hier eine schöne Schweinerei angerichtet.«

Ich nickte und spürte, wie ich schamrot anlief.

»He, kein Grund, um sich zu schämen oder Rot zu werden! Sex ist die natürlichste Sache der Welt!«

»Ja, aber nicht in – in einer Schwimmbaddusche.« Langsam normalisierte sich mein Atem wieder.

»Stimmt – du bist ein Ferkel, es dir hier besorgen zu lassen. Aber Spaß beiseite: Du solltest dir jetzt wirklich die Badehose ausziehen und dich vor allem dort unten gründlich waschen.«

Noch immer etwas benommen von dem Erlebten nickte ich.

»Na, bist du jetzt endgültig überzeugt, dass du vor mir keine Angst zu haben brauchst?«

Mit vor Freude hüpfendem Herzen erwiderte ich mit belegter Stimme, aber voller Inbrunst: »Ja – ja, das glaube ich jetzt auch.«

»Weißt du, ich habe dich auch gleich am ersten Tag bemerkt und mich sofort in dich verliebt«, gestand er.

»Wirklich?«

»Ja, du Dummkopf! Ich habe immer wieder versucht, mich vor dir in einem guten Licht zu präsentieren in der Hoffnung, dass du reagieren würdest – vor allem, nachdem ich deine schmachtenden Blicke bemerkt habe, mit denen du mich verschlungen und mir die Badehose ausgezogen hast.«

»Oje, war das so offensichtlich?«

»Für mich schon.«

»Hoffentlich nicht auch für die anderen Schwimmer!«

»Nein, die haben, glaube ich, nichts mitbekommen.« Nach einer kurzen Pause fügte er hinzu:»Warum hast du denn nicht schon früher etwas gesagt oder mir ein Zeichen gegeben?«

»Ich – ich wusste nicht, wie du reagieren würdest«, murmelte ich.

»Du hast mal schlechte Erfahrungen bei einem Flirt gemacht, oder?«

»Ja, das war schlimm, ich bin damals nur knapp einer Tracht Prügel entkommen.«

»Verstehe! Das erklärt natürlich deine Reaktion von eben.«

»Ja, aber - ich habe mich in dich verliebt, und jetzt, wo wir beide von unseren Gefühlen wissen, würde ich dich gerne – gerne näher kennenlernen.«

»Na endlich!«, lachte er,»auf diesen Moment habe ich schon so lange gewartet. Ja, ich will auch alles von dir wissen.«

»Das – das ist schön!«

Mehr brachte ich nicht heraus, denn meine Gefühle drohten mich zu übermannen. Ich musste mich schleunigst zusammenreißen, denn es konnte schließlich jederzeit ein anderer Schwimmer die Dusche betreten und uns überraschen. In dem Falle konnte ich ja schlecht vor Glück weinend mitten im Raum stehen.

Martin schien die Situation richtig zu erfassen und sprang zurück unter seine Dusche, wo er rasch die letzten Seifenreste abspülte. Dann packte er seine Sachen und schickte sich an, den Raum zu verlassen. Beim Hinausgehen raunte er mir zu:»Ich warte auf dem Parkplatz auf dich.«

Mir verschlug es erneut die Sprache, und so nickte ich nur.

»Und jetzt zieh endlich deine Badehose aus und wasch dir dein Sperma ab!«

»Das würde ich gerne«, erwiderte ich flüsternd, »aber ich bin schon wieder scharf, und wenn jemand reinkommt und meinen Ständer sieht, wäre mir das sehr peinlich.«

Martin nickte verstehend. Dann griff er mir erneut an den Penis und lächelte dabei liebevoll.

»Das klingt logisch – aber trotzdem musst du dich da unten waschen. Versprochen?«

»Ja, gut, ich werde mir die Badehose ausziehen und meinen Schwengel gründlich waschen.«

»Braver Junge!«

Er wartete tatsächlich noch, bis ich die Hose

ausgezogen hatte und nun meinerseits ganz nackt vor ihm stand.

Sein Blick fuhr meinen Körper rauf und runter, und was er sah, schien ihm zu gefallen – die Reaktion von seinem Penis war eindeutig.

Bevor uns erneut die Lust übermannen konnte, riss er seinen Blick los und wir trennten uns für den Moment. Ich drehte mich mit dem Gesicht zur Wand und schaltete gerade die Dusche ein, als er mir im letzten Augenblick einen kräftigen Klaps auf den Popo gab:»Tut mir leid, das musste sein – du siehst einfach zum Anbeißen aus!«, rief er entschuldigend aus. Dabei lachte er und strahlte über das ganze Gesicht.

Erfreut über das Kompliment und zugleich mit vor Scham wegen des Klapses hochrotem Kopf duschte ich rasch zu Ende. Dabei widmete ich meinem Genitalbereich besonders viel Aufmerksamkeit. Allerdings wusste ich, dass Martin draußen auf mich warten wollte, also sollte ich mich wohl besser etwas beeilen – was ich dann auch tat, nur blieb die Gründlichkeit beim Duschen des restlichen Körpers hinter den normalen Gepflogenheiten zurück, aber die Aussicht, mich mit Martin verabreden zu können, ließ bei mir eine leichte Hektik aufkommen.

Endlich war ich mit dem Duschen fertig und eilte zu meinem Spind. In Windeseile holte ich meine Sachen aus dem Schrank und verschwand wie üblich in einer Umkleidekabine für Einzelpersonen. Dort rubbelte ich mich rasch trocken und zog mich an. Dabei versuchte ich zu verstehen, was in den letzten Minuten passiert war. So ganz konnte ich es immer noch nicht glauben, dass mich mein Traummann angesprochen und als schwul zu erkennen gegeben hatte. Aber es musste wahr sein, denn noch immer spürte ich seinen hingebungsvollen Kuss auf meinen Lippen – und spürte den Klaps auf meinem Hinterteil. Beides ließ mich sofort heiß werden, und so beeilte ich mich, auf den Parkplatz zu gelangen.

Tatsächlich, ziemlich weit hinten stand Martin und winkte mir zu – er hatte tatsächlich auf mich gewartet.

Rasch eilte ich zu ihm. Kurz bevor ich bei ihm war, schaute er sich rasch in alle Richtungen um, und als niemand zu sehen war, umarmte er mich und gab mir erneut einen heißen Kuss. Wieder wurden meine Beine ganz weich und mein Herz schmolz vor Glück und Liebe dahin.

»Ich bin etwas in Eile, mein Schatz«, meinte er entschuldigend, »aber wenn du magst, können wir uns heue Abend zum Essen treffen. Sagen wir 18 Uhr beim Griechen?«

Mechanisch nickte ich. Auch sein zweiter Kuss hatte mich sprachlos gemacht.

»Also dann: Bis heute Abend! Nach dem Essen können wir ausgehen, was meinst du?«

»Äh - ja, eine – eine gute Idee«, stammelte ich und war einmal mehr an diesem Morgen sprachlos.

»Also dann: Bis heute Abend!«

Nach diesen Abschiedsworten empfing ich von ihm einen weiteren Kuss. Es war so wunderbar, erneut seine weichen Lippen auf meinem Mund zu spüren! Als er mir dann unvermittelt seine Zunge in den Mund schob, war mein Glück vollkommen! Wir züngelten und küssten uns noch eine Weile, aber dann war der Moment der Trennung da. Martin stieg in seinen Wagen und fuhr los. Ich selber stand noch eine ganze Weile völlig perplex auf dem Parkplatz und konnte mein Glück kaum fassen: Mein Traummann war genauso schwul wie ich, hatte Gefühle für mich und ich hatte schon mehre Küsse von ihm bekommen, die voller Lust und Leidenschaft waren! Ich hätte vor Freude und Glück Singen und Tanzen mögen! Das Leben war wunderbar!!!

Ich weiß nicht, wie lange ich noch geistesab-wesend auf dem Parkplatz gestanden habe, aber irgendwann drang die Realität in meine Traum-welt ein und holte mich unbarmherzig zurück. Rasch eilte ich zu meinem Wagen und fuhr zur Arbeit.

Bei der Arbeit

Im Büro konnte ich den ganzen Tag an nichts anderes als an Martins Küsse denken, die ich die ganze Zeit auf meinen Lippen zu spüren meinte. Auch die Erinnerung an den Klaps auf mein Hinterteil brachte mein Herz zum Fliegen und mein Blut in lustvolle Wallung. Nur mit Mühe konnte ich mich auf die Arbeit konzentrieren, weil meine Gedanken immer wieder zu den Ereignissen im Hallenbad zurückkehrten. Ich sehnte den Abend herbei und verging vor Ungeduld. Je näher das Arbeitsende und damit der Zeitpunkt unserer Verabredung kam, desto aufgeregter und nervöser wurde ich –schließlich hatte ich nach langer Zeit mal wieder ein Date!

Bis dahin war es jedoch noch ein weiter Weg – gerade weil es bei der Arbeit keine Probleme gab und deshalb nur Routinetätigkeiten anfielen, verging die Zeit quälend langsam. Zudem geriet ich immer wieder ins Träumen. Vor allem Martins mächtiges Gerät ging mir nicht mehr aus dem Kopf. Ich malte mir aus, wie es wohl wäre, wenn ich ihn mit dem Mund verwöhnen oder von ihm genommen werden würde. Die Gedanken an solche Situationen ließen mich sofort heiß werden. Kein Wunder also, dass sich mein kleiner sofort Freund meldete und heftig pochend verlangte, von Hose und Slip befreit zu werden und Freigang zu erhalten. Er wollte sich zu seiner vollen Größe aufrichten und bettelte darum massiert zu werden. Leider konnte ich ihm diesen Gefallen nicht erweisen, da ich ja bei der Arbeit war. Der kleine Ricky ließ aber nicht locker, und im Laufe des Tages wurde sein Drängen so intensiv, dass es für mich zwischen den Beinen richtig unangenehm wurde. Ich musste also unbedingt etwas unternehmen, und da ich die Erinnerung an Martin und die Fantasien über unsere körperlichen Freuden nicht abschalten konnte, musste ich mein Glied anderweitig ruhig stellen.

Als es nicht mehr auszuhalten war, verließ ich mein Büro und suchte die Toilette im nächsthöheren Stockwerk auf. Rasch vergewisserte ich mich, dass sich niemand darin aufhielt, weder an den Urinalen noch in den Kabinen. Ich hatte Glück und war alleine.

Mit einem Seufzer der Erleichterung schloss ich mich in der hintersten Kabine ein und ließ rasch Hose und Slip fallen. Kaum war mein Freund von seinen Gefängniswänden befreit, reckte er sich hoch empor und präsentierte sich in seiner vollen

Größe. Meine Gedanken wanderten zu Martin, und sofort hatte ich wieder seinen Schwengel vor Augen. Damit konnte mein Gerät leider nicht ganz mithalten, aber dennoch pochte es voller Lust und Leidenschaft.

Während ich den glühend heißen Stab mit einer Hand umfasste, streichelte ich mit der anderen Hand meinen Juwelenbeutel. Es war deutlich zu spüren, dass sich mein kleiner Freund am liebsten noch weiter Richtung Decke gestreckt hätte, aber er hatte bereits sein Optimum an Länge erreicht. Dafür wurde er nun offenbar noch ein paar Grad heißer.

Langsam rubbelte ich ihn von oben nach unten. Sofort schossen Lustwellen durch meinen ganzen Körper und vernebelten meine Sinne. Nur am Rande bemerkte ich, wie sich die Vorhaut eilig zurückzog und die rosig schimmernde Eichel freilegte. Aus dem Schlitz wagte sich bereits der erste Lusttropfen hervor, dem rasch ein zweiter und dann ein dritter folgten. Der Vorsamen kam schneller als sonst, ein deutliches Zeichen für meine mühsam unterdrückte Erregung.

Immer weiter rubbelte ich den Stamm und kraulte dabei unablässig meine Hoden. Die Gedanken sprangen von Martins nacktem Körper über zu unserem ersten Kuss, von dort zu seiner Hand an meinen Genitalien und schließlich zu dem Klaps auf meinem Gesäß. Letztlich aber stand immer der nackte Martin im Mittelpunkt meiner Gedanken, er ließ mich einfach nicht mehr los.

Während ich meinen Penis rieb, stellte ich mir vor, dass es Martins Hand sei, die meine Intimzone bearbeitete. Allein dieser Gedanke ließ den Saft rasch steigen und viel zu schnell kam ich zum Höhepunkt. Geistesgegenwärtig riss ich mehrere Blatt Toilettenpapier ab und stülpte sie über mein Glied, sodass ich mein Sperma im letzten Moment auffangen konnte. Natürlich war das Papier viel zu schnell durchgeweicht, aber nach dem ersten Schwall erneuerte ich es schnell. Ab der dritten Welle verzögerte sich das Abpumpen, sodass ich langsamen nach neuem Toilettenpapier greifen konnte. Endlich war alles aufgefangen, aber aus Erfahrung wusste ich, dass in den nächsten Minuten noch der eine oder andere Lusttropfen herauskommen würde. Den würde mein Slip auffangen und mich mit der klebrigen Feuchtigkeit an diesen Moment erinnern.

Nachdem die Lust langsam abklang, setzte ich

mich auf die Toilette und atmete erstmal tief durch. Dieser Tag hatte es in sich – erst im Schwimmbad, jetzt bei der Arbeit. Dabei war er noch lange nicht zu Ende, denn ich hatte ja noch eine Verabredung mit Martin, ein echtes Date mit meinem Traummann! Wenn das auch so verlaufen würde wie der bisherige Tag, dann würde das der beste Tag meines Lebens werden. Hoffentlich gab es keine unangenehme oder gar böse Überraschung. Mir fiel nämlich siedendheiß ein, dass ich nichts über seinen Beziehungsstatus wusste! Es war kaum vorstellbar, dass so ein Traummann noch zu haben sein könnte. Ich musste das unbedingt klären, bevor es zu weiteren Intimitäten zwischen uns kommen konnte – dabei wäre ich am liebsten sofort mit ihm ins Bett gegangen!

Ein Date im Restaurant

Während des gesamten restlichen Arbeitstages dachte ich immerzu an Martin. Die ganze Zeit hatte ich das Gefühl, seine Lippen auf den meinen zu fühlen und seine Küsse auf meinem Mund zu schmecken. Die Aussicht, davon am Abend noch viel mehr zu bekommen, war mehr als nur anregend!

Endlich war es geschafft und der Arbeitstag vorüber. Schnell eilte ich nach Hause, um mich auf das Date vorzubereiten. Viel Zeit blieb mir nicht für Vorbereitungen, also musste ich mich beeilen. Doch allem Zeitdruck zum Trotz duschte ich ausgiebig und rasierte nicht nur mein Gesicht – schließlich sollte es keinen Grund zur Klage geben, weder über ein kratziges Kinn noch über Haare im Mund. Eigentlich war gerade die Rasur vom Intimbereich überflüssig, weil ich mich dort täglich rasierte, aber natürlich wollte ich auf ‚Nummer sicher' gehen.

Wesentlich problematischer erwies sich die Auswahl der Kleidung. Bei der Unterwäsche entschied ich mich nach langem Überlegen für schwarze Shorts – sie saßen nicht zu eng und nicht zu locker, brachten mein Gesäß gut zur

Geltung und wirkten nicht zu aufdringlich.

Angesichts der angenehmen Temperaturen konnte ich sicher auf ein Unterhemd verzichten und ein Hemd auf blanker Haut tragen. Aber auch dabei konnte ich mich lange Zeit nicht entscheiden. Schließlich kam ein blaues Hemd zum Einsatz, das gut zur schwarzen Stoffhose passte.

Als ich endlich fertig war, betrachtete ich mich lange von allen Seiten im Spiegel. Ich wollte perfekt aussehen und Martin beeindrucken. Hoffentlich würde es mir mit diesem Outfit gelingen!

Bei der ganzen Aufregung um die richtige Kleidungswahl hatte ich leider die Uhr etwas aus dem Blick verloren. Nun war es höchste Zeit, zum Restaurant zu fahren, denn eine Verspätung würde sicher keinen guten Eindruck machen. Dabei war ich doch fest entschlossen, Martin zu beeindrucken und das in jeder Hinsicht.

Zum Glück waren die Straßen frei und ich hatte sogar eine ‚Grüne Welle' erwischt, was in dieser Stadt recht selten ist. Das musste einfach ein gutes Zeichen sein!

Auf die Minute pünktlich erreichte ich den Parkplatz und fand auch gleich einen Stellplatz. Martin war schon da, und beim Näherkommen konnte ich seine sportliche Figur sehen, die von einem schwarzen Hemd und einer Hose in der gleichen Farbe bedeckt wurde. Er sah einfach toll aus, und am liebsten wäre ich ihm gleich um den Hals gefallen. Natürlich wäre das unpassend gewesen, denn schließlich kannten wir uns ja erst seit heute Morgen etwas näher, aber es fiel mir nicht leicht, mich angesichts seiner Nähe zu beherrschen.

»Hallo, Kleiner«, begrüßte er mich augenzwinkernd.

Verstohlen hauchte ich ihm einen Kuss zu. Sein Lächeln wurde breiter.

Wir betraten das Restaurant und wurden von einem jungen Kellner an unseren Tisch geführt. Normalerweise würde ich ihm beim Weggehen heimlich auf den Hintern schauen, aber heute war alles anders – ich hatte nur Augen für Martin.

Wir wählten rasch unser Essen aus und gaben die Bestellung auf. Während wir warteten, fragte Martin: »Gehst du schon lange ins Schwimmbad?«

Ich nickte: »Ja, seit ein paar Jahren.«

»Das sieht man deinem Körper an – du bist sehr sportlich.«

Verlegen erwiderte ich: »Nicht so sportlich wie du! Hast du diese tolle Figur nur vom Schwimmen?«

»Nein, ich gehe noch zwei- oder dreimal in der Woche ins Fitnessstudio, je nachdem wie es sich gerade passt. Mehr Besuche sind leider nicht drin, da es ja auch noch mehr im Leben gibt als nur den Sport.«

Wir tauschten noch weitere Informationen aus und erfuhren so immer mehr über den jeweils anderen. Ganz besonders wichtig war für mich die Information, dass er solo sei − sein letzter Freund hatte nach drei Jahren wegen eines anderen Schluss gemacht, was aber auch schon zwei Jahre her war. Für mich war es unvorstellbar, dass dieser Traummann verlassen worden war − entweder war sein damaliger Freund ein Ignorant oder dessen neuer Liebhaber war noch besser als Martin. Da ich mir letzteres absolut nicht vorstellen konnte, musste sein Ex also ein Narr sein.

Unser Gespräch verlief fröhlich und förderte viele Gemeinsamkeiten zutage. Lediglich das Essen konnte uns unterbrechen, aber dafür wurden die Blicke intensiver. Wenn er sich eine Gabel in den Mund schob und langsam herauszog, spannte meine Hose im Schritt und ich hätte mich ihm am liebsten sofort hingegeben. Allerdings revanchierte ich mich auf ähnliche Weise.

»Verdammt warm hier«, murmelte er irgendwann und öffnete beiläufig einen Knopf an seinem Hemd. Dadurch präsentierte er mir einen größeren Anblick seiner Brust, was mir den Atem stocken ließ. Er hatte unser Spiel auf eine neue Ebene gehoben.

Sein Mund wurde von einem schelmischen Lächeln umspielt:»Na, macht dich das an?«

»Und wie!« Mein Mund war plötzlich ganz trocken und es fiel mir schwer, die Worte herauszubringen.

Im weiteren Verlauf des Essens trafen sich immer wieder unsere Blicke, aus denen pure Verliebtheit strahlte. Wenn ich in seine Augen sah, konnte ich bis auf den Grund seiner Seele schauen. Was ich sah, brachte mein Herz nur noch mehr zum Rasen, dazu das etwas zu weit geöffnete Hemd – und die Erkenntnis, dass er kein Unterhemd trug. Dieser Mann war für mich pure Erotik und ich brannte darauf, endlich in seinen Armen zu liegen und seinen Körper zu erforschen. Mein Glied hatte sich schon längst wieder zur vollen Größe gestreckt, was dank der Shorts problemlos möglich war.

Stattdessen saßen wir hier in einem Restaurant

und warfen uns verliebte Blicke zu, während wir gegenseitig Komplimente austauschten. Das war einerseits ganz wunderbar, nur sehnte ich mich von Minute zu Minute mehr nach seiner körperlicher Nähe. Ich wollte wieder seine Küsse auf meinen Lippen spüren und vor allem wollte ich von ihm gestreichelt und, mehr noch genommen werden! Bei dem Gedanken an seinen Prachtschwanz und wie er ihn in mir versenken würde, spürte ich etwas Feuchtigkeit in meinen Shorts – die Vorstellung hatte ausgereicht, mich so geil werden zu lassen, dass einmal mehr an diesem Tag der Vorsamen austrat. Es musste etwas passieren, denn lange würde ich mich nicht mehr zurückhalten können - wenn ich nicht bald in seinen Armen liegen würde, könnte es passieren, dass ich ihn vor lauter Geilheit anfallen würde.

Aber endlich war es soweit und wir waren mit dem Essen fertig. Ich hätte am liebsten schon nach wenigen Bissen aufgehört, um mich mit Martin an einen ruhigen Ort zurückziehen und mit ihm zusammen sein zu können, aber ich wollte kein Spielverderber sein. Doch zum Glück war ja nun das Essen überstanden und die Planung für den Rest des Abends konnte beginnen. Hoffentlich würde sie in seinem Bett enden!

»Was wollen wir jetzt machen?« fragte Martin.

Am liebsten hätte ich »Ficken!« gerufen, aber ich konnte mich gerade noch beherrschen. Ich wollte schließlich nicht als aufdringlich oder, schlimmer noch, als notgeil gelten, auch wenn ich mich genau so fühlte. Stattdessen antwortete ich »Keine Ahnung, hier gibt es nicht viel, was man machen könnte. Ist halt nur eine Kleinstadt.«

»Stimmt, aber in der Großstadt ist immer etwas los. Ich kenne da einen tollen Club, in dem man tanzen und was trinken kann. Wie wär's, hast du Lust?«

»Ja, klar, du müsstest mir nur den Weg beschreiben.«

»Ach was, wir nehmen meinen Wagen, das ist einfacher. Du kannst dein Auto hier stehen lassen, ich bringe dich später hierher zurück.«

»Hoffentlich geht das dann noch, denn Clubs bedeuten Alkohol und das bedeutet Probleme beim Fahren«, wandte ich ein.

»Spaßbremse!«, neckte er mich mit betont tadelnden Blick, »Aber im Ernst, du kannst ganz unbesorgt sein. Wenn ich fahre, trinke ich nur am Anfang etwas Alkohol, aber danach nichts mehr. Ehrenwort!«

Als er meinen unschlüssigen Blick bemerkte,

fügte er hinzu: »Wenn du bei mir mitfährst, bekommst du auch vor der Abfahrt einen dicken Kuss!«

Ich musste lachen: »Ja, okay, wenn das so ist, kann ich nicht widerstehen!«

Rasch gingen wir zu Martins Wagen und stiegen ein. Bevor ich mich anschnallen konnte, beugte er sich zu mir herüber, und im nächsten Augenblick spürte ich seine feuchtwarmen Lippen auf meinem Mund. Sein Kuss war feurig, voller Leidenschaft.

Als ich meinen Mund ein wenig öffnete, spürte ich seine Zunge, die Einlass begehrte. Bereitwillig öffnete ich meinen Mund etwas weiter und spürte sofort die volle Pracht seiner Zunge. Ich erwiderte sein Begehren, und so umspielten sich unsere Zungen minutenlang. In den kurzen Unterbrechungen sahen wir uns tief in die Augen, bevor sich wieder unsere Lippen aneinander festsaugten und unsere Zungen ihren wilden Tanz fortsetzten.

Aber da alles einmal endete, hörte auch unser Küssen auf. Martin beendete es mit den Worten: »Das, mein Süßer, war ein Vorgeschmack auf das, was noch folgen wird.«

Ich rang noch nach Atem, deshalb sagte ich

nur: »Ich kann es kaum erwarten!«

»Aber zuerst fahren wir in den Club, da können wir tanzen und nebenbei schmusen.«

»Ist das – äh – gefährlich?«

»Du meinst wegen irgendwelcher Idioten? Nein, keine Sorge, das ist eine Gay-Bar, da können wir ganz wir selbst sein.«

Erleichtert nickte ich.

»Also dann: Lass uns fahren!«

Er warf den Motor an und im nächsten Moment fuhren wir auch schon los. Martin war ein sehr ruhiger und sicherer Fahrer, der nicht mit einem riskanten Fahrstil angeben wollte. Das hatte er auch nicht nötig, aber manche Typen machen es trotzdem. Er nicht, und das brachte ihm einen weiteren Pluspunkt bei mir ein. ‚Er war wirklich ein Traummann, an dem ich nichts, aber auch rein gar nichts auszusetzen hatte. Martin war für mich wie ein Sechser im Lotto für Glücksspieler.

Eine unvergessliche Autofahrt

Kurz nach unserer Abfahrt warf mir Martin einen schelmischen Seitenblick zu.

»Was?«, fragte ich nervös.

»Ich habe gerade festgestellt, dass du im Profil genauso süß aussiehst wie in der Frontalansicht.«

»Oh – äh, danke.«

»Die Fahrt ist zwar nicht besonders lang, aber ich freue mich wahnsinnig, dass du mitkommst!«

Bei diesen Worten legte er mir seine rechte Hand auf den Oberschenkel. Alleine diese Berührung ließ mich Innerlich vor Lust erschauern und weckte meinen kleinen Freund aus seiner Ruhephase.

Martins Hand wanderte meinen Schenkel empor und instinktiv öffnete ich meine Beine. Diese Einladung ließ er sich nicht entgehen und berührte meinen Schritt.

»Donnerwetter, da ist aber jemand ganz schön scharf«, kommentierte er lächelnd.

»Äh, du - ich will ja nicht ungezogen sein, aber könntest du dich etwas mehr auf die Fahrbahn konzentrieren, während du mir zwischen die Beine fasst?«

»Keine Sorge, ich kenne die Strecke in- und auswendig! Außerdem ist nicht viel Verkehr.«

Ein Blick auf die Straße bestätigte seine Worte.

»Komm, lass uns die Fahrt etwas versüßen!«

»Was meinst du?«

»Wie wäre es, wenn du deine Hose fallen lassen würdest? Am besten gleich mit der Unterhose – du hast doch eine Unterhose an, oder?«

»Ja, natürlich!«, erwiderte ich etwas beleidigt.

»Braver Junge! Aber komm, lass alles fallen und zeig mir deinen Schwanz.«

Ich zögerte.

»Na komm«, lockte er, »hier auf der Landstraße ist niemand, der ins Auto schauen könnte.«

Das stimmte natürlich und war ein sehr gutes Argument. Dennoch war mir nicht ganz wohl bei der Sache, schließlich hatte ich mich noch nie beim ersten Mal zu so etwas hinreißen lassen. Küsse hatte ich schon ausgetauscht, aber mich so kurz nach unserem Kennenlernen zu entblößen, war etwas anderes.

Während ich noch mit mir rang, spürte ich plötzlich etwas Feuchtes in meinen Shorts – mein Penis war von der ganzen Situation und von Martins verrückten Wunsch so angetan, dass er Vorsamen produzierte und in die Unterhose absonderte. Damit erlahmte mein Widerstand fast augenblicklich und die Sache war entschieden - mein Penis hatte für meinen Kopf entschieden!. Die Feuchtigkeit steigerte meine Erregung natürlich ungemein, und da mein Glied nun mit seiner ganzen Größe beinahe unangenehm gegen sein Gefängnis aus Stoff drückte, gab ich schließlich Martins Wunsch nur allzu gerne nach. Rasch hingen Hose und Shorts bei meinen Knöcheln, während mein Glied steil wie eine Fahnenstange nach oben ragte.

»Wow«, ließ sich Martin anerkennend vernehmen, »das sieht richtig geil aus!«

Im nächsten Moment umklammerte seine Hand meinen Penis und bewegte sich daran mehrmals auf und ab.

Diese Bewegungen entlockten mir ein leises Stöhnen, denn es fühlte sich so wunderbar an! Die Tatsache, dass ich mit entblößtem Unterleib in seinem Wagen saß, erhitzte mich schon alleine, aber mit seiner Hand an meinem Schwanz hatte meine Lust ihren Zenit erreicht. Ich wollte nichts anderes, als dass er weitermachte und bloß nicht aufhörte! Es war mir in diesem Augenblick nicht nur egal, dass er am Steuer eines fahrenden Autos saß, sondern ich hatte diesen

Umstand komplett verdrängt. Viel zu sehr genoss ich das Spiel seiner Hand. Mein Glied fühlte sich an wie ein glühendheißer Tauchsieder, und mein ganzes Innere lechzte nach Erlösung. Ich schloss verzückt die Augen.

»Du hast ein Prachtexemplar von Schwanz zwischen den Beinen«, lobte er mich. Im nächsten Augenblick löste er seine Umklammerung von meinem Glied. Gerade als ich protestieren wollte, wanderte seine Hand tiefer und liebkoste meinen Hodensack.

»Prächtige Eier!«

»Da - danke«, stammelte ich und spürte, wie Hitze mein Gesicht überzog. Gut, dass es im Auto dunkel war, denn so blieb mein Erröten unbemerkt.

Zärtlich streichelte er meine Juwelen. Nach einiger Zeit ließ er seine Hand wieder zu meinem Penis zurückkehren. Er schob meine Vorhaut zurück und warf einen kurzen Blick darauf, bevor er sich wieder der Straße zuwandte..

»Deine Eichel sieht wunderschön aus! Wie gerne würde ich sie jetzt in den Mund nehmen und sie mit meiner Zunge verwöhnen!«

Diese Worte ließen sofort weiteren Vorsamen austreten. Er musste das instinktiv geahnt haben, denn sofort wischte er den Tropfen mit einem Finger weg und leckte sich den Finger sauber.

»Du schmeckst hervorragend!«

Zu sehen, wie er genüsslich meinen Lusttropfen von seinem Finger leckte, machte mich beinahe wahnsinnig.

»Mach weiter, bitte mach weiter«, bettelte ich. Die Lust hatte von mir vollkommen Besitz ergriffen und ich hatte komplett vergessen, dass wir uns in einem fahrenden Auto befanden. »Komm, blas mir einen!« flehte ich.

Aus den Augenwinkeln sah ich sein Lächeln: »Geht nicht, Kleiner, schließlich fahre ich. Aber vielleicht hilft ja das!« Damit umfasste seine Hand wieder meinen Schwanz und begann ihn zu wichsen. Er machte das so gut, dass ich schon bald fühlte, wie der Lustsaft in mir aufstieg. Martin rubbelte noch einen Moment weiter – und hörte dann abrupt auf.

»Weitermachen«, flehte ich, »bitte, bitte weitermachen! Ich bin gleich soweit!«

»Ich weiß, aber wenn du in meiner Hand kommen würdest, wäre es mit meiner Konzentration vorbei. Du musst dich selber fertig rubbeln!«

»Das ist – das ist aber nicht das gleiche!«

»Maul nicht rum, sondern besorg es dir!«

»Aber...«

»Komm, mach dich fertig!«

Ich war so aufgeheizt, dass ich tatsächlich begann, neben ihm an mir herumzuspielen.

»Komm schon, nicht so halbherzig«, feuerte er mich an. »stell dir vor, dass ich dir einen blasen würde und hol dir ordentlich einen runter!«

Der Gedanke an seinen Mund beflügelte meine Handarbeit! In Gedanken spürte ich seine wundervollen Lippen an meinem Schaft und meinte, die Hitze und Feuchtigkeit seines Rachens zu spüren.

Immer schneller rubbelte ich an meinem Schwanz. Der Geilsaft drängte nach draußen, aber ich versuchte, die Entladung so lange wie möglich hinauszuzögern. Viel Erfolg hatte ich damit nicht, denn Martins Nähe, die ganze Atmosphäre im Auto und die von ihm begonnene und von mir fortgesetzte Handarbeit ließen meine Abwehr schnell erlahmen – und schließlich schoss der Saft in hohem Bogen aus mir heraus! Ich konnte es nicht verhindern.

Die erste Ladung landete klatschend auf dem Handschuhfach, die zweite ging irgendwo im Fußraum nieder. Danach kamen noch einige weitere kleinere Ergüsse, die aber nicht über den

Sitz hinausgingen.

Heftig atmend hing ich im Gurt des Beifahrersitzes und malte mir aus, dass ich meinen Saft in seinem Mund entladen hätte.

Es dauerte einige Momente, bis ich langsam wieder in der Gegenwart angekommen war.

Martin sah mich von der Seite an und lächelte sanft: »Donnerwetter, das war ja eine gewaltige Ladung! Dafür, dass du heute Morgen schon in die Badehose gespritzt hast, hast du eben eine riesige Menge produziert. Deine Eier müssen ja randvoll gewesen sein!«

»Ich – ich weiß auch nicht«, keuchte ich noch immer etwas kurzatmig, »diese – diese Menge ist für mich auch neu!«

»Mir gefällt, dass du so aufgegeilt bist!«

Langsam konnte ich wieder etwas klarer denken.

»Tut mir leid, wegen des Sitzes«, stammelte ich, »und auch wegen dem da.« Damit deutete ich auf das Handschuhfach, von dem sich der Samen langsam abwärts bewegte.

»Kein Problem, dich so hingebungsvoll Wichsen zu sehen ist es wert! Aber keine Sorge, im Handschuhfach sind Papiertücher, damit kannst du alles wegwischen.«

Sofort machte ich mich an die Arbeit. Nach dem Handschuhfach säuberte ich mein Glied, danach den Beifahrersitz.

»Was ist mit deiner Hose?«

Erschrocken schaute ich nach. Tatsächlich hatte die Unterhose mehrere Spritzer abbekommen, die auf ihrem Innenteil gelandet waren.

»Dann wirst du also im Club ein feuchtes Höschen anhaben«, lachte Martin, »ein überaus anregender Gedanke!«

»Macht dich dieser Gedanke scharf?«

»Na, und ob!«

»Vielleicht kann ich mich ja bei dir revanchieren?«

»Wie denn?« Seine Augen leuchteten begierig auf.

»Vielleicht gibt es ja irgendwo eine dunkle Ecke, wo ich dich mit dem Mund verwöhnen kann.«

»Ein wunderbarer Gedanke!«, schwärmte er, »Ich werde nur zu gerne darauf zurückkommen!«

Gleich darauf tauchte vor uns der Club auf. Vor lauter Geilheit hatte ich von der ganzen Fahrt nicht viel mitbekommen.

Im Club

Als wir ankamen, war der Club bereits gut besucht und alle umliegenden Parkplätze belegt. Zum Glück kannte sich Martin in der Gegend sehr gut aus, und so steuerte er ohne lange zu Zögern zielsicher eine etwas versteckt liegende Stelle hinter einem nahegelegenen Firmengelände an. Dort konnten wir problemlos parken.

»Gibt das keine Probleme, falls ein Wachmann vorbeikommen sollte?«, fragte ich.

»Nein, keine Sorge, die kennen meinen Wagen. Da passiert nichts.«

Ich zuckte mit den Schultern. Dann folgte ich ihm zum Haupteingang. Auf dem Weg dorthin ergriff er meine Hand und zeigte damit allen, dass wir ein Paar waren. Mein Herz machte vor Freude Riesensprünge!

Der Einlass ging zügig vonstatten, und so betraten wir nach wenigen Minuten den Club. Sofort schlugen uns die wilden Beats der laut aufgedrehten Musik auf die Ohren, während das Halbdunkel des Gebäudeinneren uns im ersten Augenblick beinahe blind werden ließ. Aber schnell hatten sich unsere Augen an die spärliche Beleuchtung gewöhnt und neugierig blickte ich mich um. Gleich hinter dem Eingang führte ein Weg um die riesige und sehr volle Tanzfläche herum, auf der sich die Tänzer aller Geschlechter teils sinnlich, teils ekstatisch bewegten. Im Hintergrund war eine langgestreckte Bar zu erkennen, hinter deren Theke mindestens ein halbes Dutzend Leute damit beschäftigt waren, die Getränkewünsche der durstigen Kunden zu befriedigen.

»Komm, lass uns tanzen«, rief mir Martin ins Ohr – wegen des sehr hohen Lärmpegels musste er fast schreien, um sich verständlich zu machen.

Damit zog er mich auch schon auf die Tanzfläche, wo er sofort zu tanzen anfing. Dabei wirkten seine Bewegungen bei aller Dynamik weich und fließend, geradezu anmutig und ästhetisch. Ich bezweifelte, mich auch nur annähernd so harmonisch bewegen zu können, aber der Beat ging in die Beine und machte es unmöglich stillzustehen.

Während des Tanzens spürte ich eine zunehmende Leichtigkeit, die mich Zeit und Leute vergessen ließ. Ich hatte nur noch Augen für Martin und seinen Tanz und versuchte, ihm mit meiner Darbietung zu gefallen.

Nach einigen schnellen Songs legte der DJ etwas ruhigere Platten auf. Rings um uns herum wechselten Menschen vom Einzeltanz zum paarweisen Engtanz. Auch Martin näherte sich mir und umfing meine Hüften. Langsam wiegten wir uns im Takt der Musik, während ich meinen Kopf an seine Schulter lehnte und mich dem Zauber des Augenblicks hingab.

Sanft küsste er mich auf den Kopf, bevor er flüsterte:»Das ist mein Lieblingsclub. Wie gefällt er dir?«

»Er ist wunderbar«, gab ich gurrend zurück

»Das macht mich glücklich!«

Im selben Moment rutschten seine Hände tiefer und lagen nun auf meinem Po.

»Genau wie das hier!«, fügte er mit schelmischem Lächeln hinzu.

Wir sahen uns zärtlich in die Augen, während sich die Lippen einander näherten, bis sie mit einem heißen und innigen Kuss miteinander verschmolzen. Der anfangs noch unschuldige Kuss wurde rasch verlangend und endete in einem heftigen Kuss, bei dem sich auch unsere Zungen nach kurzer Zeit einbrachten.

Als wir endlich voneinander abließen, mussten wir erstmal Atem schöpfen.

»Komm, lass uns etwas trinken«, schlug Martin vor. Erst jetzt merkte ich, dass meine Kehle ganz trocken war.

Der Weg zur Bar war wegen der vielen Besucher mit zahlreichen Menschen zugestellt, die damit beschäftigt waren, angeregt zu plaudern, sich zu liebkosen oder wild zu küssen. Ich hatte noch nie eine solche Ungezwungenheit erlebt und betrachtete die Szenen ringsum staunend wie ein Kind, das an Weihnachten erstmals den Weihnachtsbaum mit seinem Kerzenschein und die Geschenke betrachtet.

Endlich hatten wir die Bar erreicht und Martin bestellte bei dem gutaussehenden Barkeeper zwei Bier. Ich hätte zwar gerne etwas anderes gehabt, aber da alles so schnell ging, hatte ich den günstigsten Augenblick für einen anderen Wunsch verpasst..

»Also dann: Auf uns!«

Wir stießen an und tranken einen großen Schluck. Der wilde Tanz hatte uns beiden einen gewaltigen Durst beschert.

Während wir noch tranken, traten plötzlich zwei Leute auf uns zu. Im ersten Augenblick dachte ich, dass es ein Heteropaar wäre, da einer der beiden Frauenkleidung trug. Erst bei näherem Hinsehen erkannte ich meinen Irrtum.

»Hallo Martin«, begann der Mann, »dich habe ich hier ja schon lange nicht mehr gesehen!

Schön, dass du heute wieder hier bist!«

»Oh, hallo Christian!«, freute sich Martin, »das ist ja schön, dich zu sehen.«

»Und was ist mit mir?«, fragte die Dame mit gespielter Empörung in der Stimme.

»Sandra, du bist meine Augenweide, das weißt du doch! Aber Christian ist so sensibel, da muss ich so tun, als ob ich ihn mehr als dich mögen würde.«

»Alter Charmeur!«, lachte sie, »aber wer ist der junge Mann an deiner Seite?« Ihr prüfender Blick taxierte mich von oben bis unten.

»Das ist Rick, mein Freund.«

»Oh, du bist endlich wieder liiert? Das ist schön!« Sandra schien sich ehrlich zu freuen.

Dann begrüßte sie mich mit einer herzlichen Umarmung: »Willkommen, mein Süßer!«

Auch Christian begrüßte mich nun, wenngleich mit Händedruck und Schulterklopfen.

»Seit wann seid ihr denn zusammen?«

Ich spürte wieder, wie die Röte mein Gesicht überzog, aber bei der schummrigen Beleuchtung fiel das niemandem auf.

Zum Glück übernahm Martin die Antwort: »Wir kennen uns schon einige Zeit, aber richtig zusammen sind wir erst seit heute.«

»Oh, ganz frisch verliebt!«, jubelte Sandra, »ihr müsst uns alles erzählen. Wo habt ihr euch kennengelernt?«

Mit ein paar wenigen Sätzen erzählte Martin den beiden von unserem Kennenlernen im Schwimmbad und unserer heutigen Annäherung in der Dusche. Er schloss seinen Bericht mit den Worten: »Tja, und nun sind wir hier und wollen uns einen schönen Abend machen.«

»Hoffentlich auch eine schöne Nacht!« fügte Sandra vieldeutig hinzu und zwinkerte uns beiden zu.

»Amüsiert ihr euch gut?« fragte sie.

»Ja, wir machen gerade eine Pause vom Tanzen.«

»Na, dann ruht euch schön aus und dann wieder ab auf die Tanzfläche mit euch! Aber nicht zu sehr verausgaben, denn bestimmt habt ihr beiden Hübschen heute noch etwas vor.« Dabei zwinkerte sie mir wissend zu.

»Ja, Sandra«, mischte sich Christian ein und nahm seinen Freund an die Hand, »nun wollen wir das junge Glück aber nicht länger stören und selber eine Runde tanzen gehen.« Damit zog er Sandra fort, aber nicht, ohne uns einen entschuldigenden Blick zugeworfen zu haben.

»Wer war das«

»Christian und seine Freundin Sandra - eigentlich Thomas, aber er fühlt sich als vollwertige Frau, weshalb er sich entsprechend anzieht und auch so verhält. Manchmal redet sie etwas viel, aber davon abgesehen sind die beiden sehr nett.«

»Stimmt, sie machen einen sehr sympathischen Eindruck.«

»Ja, das sind sie. Aber nun lass uns wieder Tanzen!«

Er griff nach meiner Hand und zog mich erneut auf die Tanzfläche. Sekundenbruchteile später wiegten wir uns im Takt der Musik.

Als es wieder Zeit für langsamere Songs war, trat Martin ganz dicht an mich heran. Während er mir einen zärtlichen Kuss gab, legte er seine Hände sofort auf meinen Po, was mich wohlig erschauern ließ. Sandra schien davon auszugehen, dass Martin und ich heute miteinander ins Bett gehen würden, und dieser Gedanke elektrisierte mich. Sofort drückte ich meine Pobacken gegen seine Hände, woraufhin er zu meiner großen Freude noch fester zupackte.

Bei der langsamen Musik verschmolzen unsere Körper in der Mitte, während sich die Schenkel aufreizend aneinander rieben. Seine Hände umfassten nicht länger meine Pobacken, sondern streichelten mit sanftem Druck mein Gesäß. Sofort reagierte mein Penis und wurde in seinem Stoffgefängnis so groß, wie es der Stoff nur zuließ.

Unsere Lippen saugten sich aneinander fest und verharrten in einem heißen Kuss. Sofort schob mir Martin seine Zunge in den Mund, was ich willig zuließ. Gleichzeitig ließ ich meiner eigenen Zungen freien Lauf, sodass wir mitten auf der Tanzfläche hemmungslos heftige Küsse austauschten. Unsere Unterleiber rieben sich dabei immer heftiger, und durch den dünnen Stoff unserer Hosen konnte ich spüren, dass sein Glied enorm angewachsen war.

»Deine Küsse sind wunderbar«, hauchte er mir zu.

»Ja,«, erwiderte ich heftig atmend, »deine Küsse schmecken so wunderbar, ich könnte davon nie genug bekommen!«

»Dein Schwanz fühlt sich gut an!«

»Deiner auch!«

»Ich spüre die Hitze deines Schwanzes!«

»Deiner ist auch glühend heiß!«

»Mein Schwanz kocht vor Lust!«

Dann schwiegen wir und widmeten uns ganz den Küssen und der Reibung unserer Unterleiber.

Martin unterbrach als erster das Schweigen: »Ich bin so scharf auf dich, dass ich dich am liebsten gleich hier auf der Tanzfläche vernaschen würde!«

»Geht mir auch so«, gab ich keuchend vor Lust zurück.

»Komm mit!«

Bevor ich verstanden hatte, was er meinte, zog mich Martin hinter sich her. Wir durchquerten ein paar Gänge, bevor wir uns in einer Art Abstellkammer wiederfanden.

»Komm«, keuchte Martin, »besorg es mir. – bitte, bitte, besorg es mir!«

Dabei nestelte er nervös an seinem Gürtel herum.

Normalerweise hätte ich eine Nummer in einer Abstellkammer abgelehnt, aber der Tag war so ungewöhnlich verlaufen und die Atmosphäre auf der Tanzfläche hatte mich so aufgegeilt, dass ich nicht mehr logisch denken konnte. Ich brannte nur noch vor Lust und wollte mich bei ihm für die beiden Handnummern des Tages bedanken. Also ließ ich mich nicht lange bitten und ging vor ihm auf die Knie. Ungeduldig schob ich seine Hände weg und öffnete rasch den Gürtel. Knopf und Reißverschluss riss ich fast auf, bevor ich ihm Hose und Unterhose mit einem einzigen Ruck nach unten zog. Sofort sprang mir sein Penis entgegen – ein wahres Prachtexemplar von Schwanz, wie ich noch nie einen gesehen hatte.

Lange bewunderte ich die kochend heiße Stange aber nicht, denn der Anblick und das Gefühl, das sein Ding in meiner Hand hinterließ, ließen meine Geilheit fast bis zum Siedepunkt emporschnellen.

»Na, gefällt dir, was du siehst?«

»Oh ja, und es fühlt sich auch hervorragend an!«

»Dann komm und verwöhn mich!«

Das ließ ich mir nicht zweimal sagen. Beherzt umfasste ich mit einer Hand seinen Schwanz, während ich mit der anderen Hand seine Eier knetete. Oh, fühlte sich das gut an!

»Ja, das gefällt dir, nicht wahr!«

Das war zwar keine Frage, sondern eine Feststellung, aber ich nickte, denn er hatte ja so Recht! Mir gefiel ausgesprochen gut, was ich da vor mir sah und vor allem fühlte!

»Na los«, drängte er mit mühsam gezügelter

Lust, »nimm ihn in den Mund und saug ihn aus!«

Ich ließ ihn noch ein paar Augenblicke zappeln, aber endlich beugte ich mich zu seinem Penis hinab, schob die Vorhaut zurück und küsste voller Inbrunst die Eichel. Sofort spürte ich die ersten Tropfen des Vorsamens, die ich liebevoll aufleckte. Du meine Güte, sein Saft schmeckte einfach himmlisch!

Nun gab es kein Halten mehr. Rasch beugte ich mich noch weiter hinunter und ließ meine Zunge seine Eier umschmeicheln. Erst ganz vorsichtig und sanft, dann immer schneller und fordernder liebkoste ich seinen prallen Hodensack.

»Oh, ist das guuuut!« stöhnte er immer wieder.

Nach einiger Zeit ließ ich meine Zunge den Schaft seines Ständers hinauf- und hinuntergleiten.

»Ja, das ist toll! Du machst das großartig, genau so mag ich es. Weiter, bitte mach weiter!«

Das ließ ich mir nicht zweimal sagen. Nach dem Liebkosen seines Schwanzes wechselte ich wieder zu seinen Eiern, dann wieder zurück zu seinem Ständer. Ich spürte das wilde Pochen in seinem Glied und das Pumpen in seinem Hodensack. Ich rechnete mir schnell aus, wieviel Zeit ich noch hatte, und die nutzte ich für ein intensives Lecken. Als ich schließlich begann, erst an seinen Eiern und dann an seinem Schwanz leicht zu knabbern, war es mit seiner Beherrschung vorbei. Ich spürte, wie sein Atem schneller ging und sein Penis immer heftiger zuckte. Als sich seine Eier zu einem einzigen Hoden zu verschmelzen schienen, wusste ich, dass er gleich kommen würde.

Rasch stülpte ich meinen Lippen über seine Eichel und ließ meine Zunge zärtlich darüber wandern. Sofort spürte ich den aufsteigenden Saft in seinem Schaft und nahm seinen Penis so tief in meinen Mund, wie es nur ging.

Kaum steckte seine Stange tief in meinem Rachen, war es mit seiner Beherrschung vorbei. Wild zuckend und mit lautem Keuchen schoss er seinen Samen aus seinem Rohr und überflutete meinen Mund. Schon beim ersten Schwall schluckte ich seinen Liebessaft wie ein Verdurstender, aber es war eine so große Menge, dass ich unmöglich alles aufnehmen konnte. Während er immer neue Wellen abfeuerte und ich wie ein Wilder schluckte, rannen aus meinen Mundwinkeln Samenfäden und suchten sich ihren Weg nach unten. Der Saft lief über mein Kinn und tropfte dort auf mein Hemd.

Endlich ließen die Wellen nach, bis sie schließlich ganz verebbten. Ich schluckte die letzten Reste seines Samens hinunter und machte mich dann sofort an die Reinigung seiner Eichel. Meine Zunge leckte jeden Millimeter penibel sauber. Danach kam sein Schaft an die Reihe. Erst, als auch der hübsch sauber geleckt war, wischte ich mir mit der Hand die Samenreste vom Kinn und leckte meine Hand sauber. Dabei sah ich zu Martin hoch, der mit verklärtem Gesicht entrückt lächelnd an der Wand lehnte.

»Mann, war das gut!« keuchte er benommen, »Du bist ein begnadeter Schwanzlutscher. Einfach irre, wie du mich ausgesaugt hast!«

Ich erhob mich und trat auf ihn zu. Dann nahm ich sein Gesicht in beide Hände und gab ihm einen dicken Kuss!

Immer noch lächelnd schlug er die Augen auf: »Was für ein toller Blowjob! Und dann dieser Kuss, der nach meinem eigenen Sperma schmeckt – wow! Du bist ein richtig geiles Luder!«

»Für dich bin ich das gerne!«

Wir küssten uns lange und intensiv. Dabei spürte ich, wie Martin wieder einen riesigen

Ständer bekam.

»immer noch geil?«, fragte ich scherzhaft.

»Na, und ob! Du hast ja nur halbe Sachen gemacht«, lachte er.

»Das kann man ändern!«

»Was…«

Weiter kam er nicht, weil ich erneut vor ihm kniete und bereits wieder seinen Prachtschwanz im Mund hatte. Diesmal ließ ich meinen Kopf auf- und niederwippen, während ich mit einer Hand seine Eier knetete und mit der anderen seinen Schenkel und Hintern streichelte.

Martin war von dem vorangegangenen Blowjob noch so aufgeheizt, dass es nicht lange dauerte, bis sich die zweite Entladung ankündigte. Als ich das spürte, intensivierte ich meine Bemühungen und lutschte wie ein Wilder an seinem Prügel. Ich war dabei so konzentriert bei der Sache, dass ich die bevorstehende Eruption erst im letzten Moment registrierte – Sekundenbruchteile später gab er mir eine zweite Ladung von seiner köstlichen Sahne! Diesmal war es weniger als beim ersten Mal, und so konnte ich mit etwas Mühe alles schlucken. Es war wunderbar, seinen heißen Saft in meinem Mund zu spüren und alles schlucken zu dürfen.

Als er sich vollständig entladen hatte, säuberte ich wieder mit meiner Zunge seine Eichel und seine Stange.

»Wow, das war großartig! Du geiles Miststück hast mir den letzten Tropfen Saft ausgesaugt!«

»Ich liebe deinen Saft, er schmeckt einzigartig gut!«

»Dann wirst du in Zukunft noch sehr viel davon bekommen!«

»Ich kann es kaum erwarten.«

Danach küssten wir uns lange und intensiv. Sein nackter Schwanz drückte dabei immer wieder gegen meinen Unterleib, was mein Glied enorm aufgeilte. Aber es blieb zu diesem Zeitpunkt unbeachtet, doch dafür war es ja schon im Schwimmbad und während der Fahrt zum Club verwöhnt worden.

Nach einiger Zeit lösten sich erst unsere Lippen voneinander, dann auch unsere Körper. Mit zittrigen Fingern zog Martin Unterhose und Hose hoch und richtete seine Kleidung. Dann gab er mir einen innigen Kuss auf dem Mund, bevor wir die Abstellkammer verließen und zur Bar zurückkehrten. Dort bestellte jeder von uns ein Bier, das wir gierig tranken. Leider wurde dadurch in meinem Mund der köstliche Geschmack von Martins

Sperma weggespült, aber in meiner Erinnerung konnte ich ihn immer noch ahnen.

Wie aus dem Nichts tauchten plötzlich Christian und Sandra neben uns auf.

»Na, ihr beiden, wo habt ihr euch denn herumgetrieben?«

»Wir haben getanzt«, antwortete Martin leichthin.

»Eine sehr gute Idee«, stimmte Sandra zu, »genau das Richtige, um Spaß zu haben.« Dabei musterte sie uns aufmerksam.

Plötzlich deutete sie auf mein Hemd: »Süßer, du hast da einen Fleck – hast du etwa mit dem Bier gekleckert?«

»Unsinn.«

»Stimmt, eigentlich sieht es eher aus wie ein – na, ihr wisst schon.«

Ich schaute sie fragend an.

Sandra half mir auf die Sprünge und meinte grinsend: »Es sieht aus wie ein Spermafleck.«

Mein Gesichtsausdruck musste ihr gezeigt haben, dass ich mich ertappt fühlte, denn sie rief: »Nein, wirklich? Ihr habt es miteinander getrieben? Hier?« Lachend hob sie den Zeigefinger und meinte tadelnd: »Ihr kleinen Ferkel!«

»Es. – es hat sich so ergeben, einfach so«,

stotterte ich.

Christian legte mir eine Hand beruhigend auf die Schulter: »Alles gut, keine Sorge! So etwas ist hier an der Tagesordnung. Der Betreiber will das nicht, weshalb die Security ziemlich genau darauf achtet, dass kein Sex stattfindet, aber natürlich treiben es manche Paare trotzdem. Wichtig ist, dass man nicht erwischt wird, weil man anderenfalls sofort rausfliegt.«

Ich schluckte: »Du meinst – Hausverbot und Anzeige?«

»Nein, der Betreiber ist ja nicht blöd und vergrault sich seine Kundschaft. Aber an dem Abend, an dem man erwischt wurde, ist für die Betreffenden hier Schicht im Schacht.«

Nun mischte sich wieder Sandra ein, die ihre Neugierde kaum zügeln konnte: »Dem Fleck auf deinem Hemd nach zu urteilen hast du ihm einen geblasen – hoffentlich hat er sich bei dir revanchiert?«

»Nein«, gestand ich, »dafür war er viel zu scharf. Ich musste zweimal ran, um ihn ruhig zu bekommen.«

»Aber ich werde mich revanchieren«, mischte sich Martin ein und legte eine Hand auf meinen Po, »ich werde es dir so besorgen, dass du die

Engel singen hören wirst!«

Seine Hand an meinem Hintern und die Aussicht, von meinem Traummann ordentlich genommen zu werden, ließ mich geradezu euphorisch werden. In meinem Überschwang gab ich ihm einen dicken Kuss.

Christian und Sandra schauten schmunzelnd zu.

»Na, da haben sich ja zwei gefunden«, lachte Christian.

Sandra lachte auch, war aber sofort ganz pragmatisch: »Warum warten, wenn man sich gleich revanchieren kann? Rick ist heiß und total scharf, das sehe ich doch! Also, Martin, worauf wartest du noch – besorg es ihm!«

»Sandra, du weißt doch: Ein Blowjob geht hier, aber mehr ist nicht drin.«

»Dummerchen!«

Damit nestelte sie aus einer Tasche ihres Kleides einen Schlüssel hervor: »Hier, der Schlüssel zu unserer Wohnung. Ihr könnt euch im Gästezimmer nach Herzenslust austoben. Wann Christian und ich nach Hause kommen werden, weiß ich nicht, aber wir werden euch nicht stören.«

Martin und ich müssen etwas verdutzt dreingeschaut haben, denn mit einem Seufzer bekräftigte Sandra ihr Angebot: »Nun ziert euch nicht so, ihr Turteltäubchen! Bis zu euch schafft ihr es bei eurer Geilheit nicht mehr, und bevor ihr es auf einem dunklen Parkplatz im Auto treibt, geht lieber zu uns.« An mich gewandt fügte sie hinzu: »Martin kennt den Weg. In unserer Wohnung weiß er auch Bescheid, da wir schon manche Party zusammen gefeiert haben und er dann bei uns übernachtet hat.«

Sofort ergänzte Christian: »Keine Sorge, es waren wirklich nur Übernachtungen wegen der fortgeschrittenen Zeit,, nichts anderes.«

Ich nickte nur. Zu mehr war ich nicht in der Lage, da mich die Ereignisse gerade zu überrollen schienen und verwirrten.

Die Sache schien abgemacht zu sein, was ich erst realisierte, als mir Martin einen sanften Klaps auf den Po gab und mich zum Aufbruch aufforderte. »Oder hast du keine Lust? Wenn du nicht magst, müssen wir das Angebot nicht annehmen.«

Aber da hatte er sich so was von getäuscht, denn natürlich wollte ich ihn – und wie ich ihn wollte! Ich konnte noch immer seine Hand an meinen Genitalien und seinen Penis in meinem Mund spüren! Der Blowjob hatte mir Appetit auf mehr gemacht, auf viel mehr! Dass sich dazu so schnell eine Möglichkeit ergeben würde, hatten wir wohl beide nicht erwartet, aber es wäre unverzeihlich gewesen, sie nicht anzunehmen.

»Also?«, lockte er und knetete meine Pobacken.

»Lass uns fahren!« hauchte ich.

»Dann los!«

Rasch umarmten wir Christian und Sandra zum Abschied. Leise raunte sie mir ins Ohr: »Viel Spaß, mein Süßer! Lass dich tüchtig verwöhnen!«

Ich nickte nur.

Im nächsten Augenblick verließen wir den Club und eilten zum Auto. Offensichtlich konnte es Martin auch nicht erwarten, mit mir ins Bett zu gehen. Es ist immer wieder schön, wenn zwei Menschen den gleichen Wunsch haben.

In der Wohnung

Man merkte, dass Martin den Weg kannte. Zielsicher brachte er uns in einen ruhigen Vorort, wo er vor einem hübschen Haus parkte.

»Das sieht hier aber gut aus – gut und teuer«, entfuhr es mir.

»Ja, das ist eine gute Wohngegend, aber die beiden können es sich leisten.«

»Was machen die beiden denn beruflich?«

»Christian ist in der IT-Branche und sehr gut in seinem Job, während Sandra Bloggerin ist.«

Als er meinen erstaunten Blick sah, musste er lachen.

»Ja, sie ist wirklich Bloggerin, und eine erfolgreiche dazu.«

Inzwischen hatten wir das Haus betreten. Es war überaus gemütlich und vor allem todschick eingerichtet. Ich zweifelte keinen Moment daran, dass Sandra die Gestaltung übernommen hatte.

»Wissen denn ihre Follower, dass Sandra eigentlich ein Mann ist?«

»Aber ja. Sie hat viele männliche Fans, aber auch Frauen hören sich ihre Ratschläge an.«

»Was denn für Ratschläge?«

»Beziehungstipps, Ratschläge zu Kleidung und

Kosmetik sowie vieles mehr. Also eben alles, was die Leute in Sachen Lifestyle und Liebesbeziehungen interessiert«

»Das ist schön, dass ihr die Leute zuhören. Aber hat sie als männliche Frau keine Probleme mit Hasskommentaren?«

»Im Großen und Ganzen nicht. Natürlich gibt es immer ein paar Krawallbrüder, aber solche Kommentare löscht sie sofort. Im Übrigen sind sie und Christian Kampfsportler, also auch für körperliche Angriffe gewappnet, falls sie mal jemand angehen sollte.«

Ich starrte ihn mit offenem Mund an.

Er lachte: »Ja, du hast richtig gehört, die kleine Sandra ist kampferprobt und kann zu einer rasenden Furie werden. Aber jetzt haben wir genug über die beiden gesprochen. Du interessierst mich viel mehr...«

Damit trat er auf mich zu, und im nächsten Augenblick verschmolzen unsere Lippen erneut zu einem innigen Kuss. Als seine Zunge Einlass begehrte, öffnete ich nur zu gerne meinen Mund und gewährte ihr den Eintritt. Wir küssten uns heiß und wild. Als ich ins Schwanken geriet, drückte mich Martin an die Wand, ohne dass sich unsere Lippen voneinander lösten.

Wogen animalischer List durchtobten meinen Körper und ließen mich augenblicklich scharf werden. Martin presste während des Kusses seinen Unterleib an meinen und spürte sofort die Erektion. Aber auch ihn machte der Kuss heiß, denn auch in seiner Hose war eine gewaltige Beule entstanden.

»Komm«, rief er, »ich will dich, ich halte es nicht mehr aus!«

Nur zu bereitwillig ließ ich mir das Hemd aufknöpfen. Die letzten Knöpfe riss er mehr auf als das er knöpfte, aber es war mir egal, ob ein Knopf durch die Gegend flog oder nicht. Nur sein warmer Mund mit den heißen Lippen zählte, der meine nackte Brust mit gierigen Küssen übersäte. Immer noch an die Wand gelehnt, genoss ich diese wilden Berührungen. Als er noch meine Nippel mit der Zunge zu verwöhnen begann, stöhnte ich vor Lust auf.

Im nächsten Moment biss er mich sanft in einen Brustwarze. Das raubte mir den Verstand und ich schrie auf: »Oh, ja, das ist gut, das macht mich geil!«

Während er unablässig meine Brust mit Küssen bedeckte und zwischendurch immer wieder meine Nippel leckte, fingerte er an meinem Gürtel herum. Endlich hatte er es geschafft, die Hose zu öffnen. Sofort ging er in die Knie und riss mit einem Ruck Hose und Shorts herunter. Von seinem Gefängnis befreit, schnellte mein Lümmel steil nach oben und präsentierte sich ihm in seiner ganzen Größe.

Bevor ich reagieren konnte, hatte er mein Glied schon gepackt und ließ seine Zunge am Schaft entlangfahren. Mein Schwengel glühte vor Lust und lechzte nach Erlösung.

Martin musste meine Gedanken geahnt haben, denn rasch befreite er mich von meiner Kleidung und schälte sich rasend schnell aus seinen eigenen Klamotten. Splitternackt zog er mich zu einem Zimmer, das sich als Gästezimmer entpuppte. Dort warfen wir uns aufs Bett und küssten uns erneut ganz innig. Beinahe automatisch glitten unsere Hände zwischen die Beine des anderen und liebkosten dessen prallen Hodensack.

»So, mein Schatz, jetzt bist du fällig«, versprach Martin. Beinahe im gleichen Augenblick fühlte ich den ersten Tropfen meines Vorsamens auf der Eichel.

»Dreh dich auf den Bauch«, kommandiert er.

Sofort gehorche ich.

»Und jetzt streck mir schön deinen Hintern

entgegen.«

Wieder gehorche ich beinahe mechanisch. Gleich wird es soweit sein und mir mein Traummann mit seinem Hammer das Loch füllen.

Aber noch ließ sich Martin Zeit, für meinen Geschmack viel zu viel Zeit! Ich war so scharf, dass ich endlich genommen werden wollte, aber noch begnügte er sich damit, meine Kehrseite sanft zu streicheln.

Ich schnurrte wie ein liebestoller Kater, aber zwei plötzliche Klapse rissen mich aus meinen wohligen Gefilden.

»Gefällt dir das, du kleines Luder?«

»Ja, Klapse sind toll, aber nichts gegen eine ordentliche Füllung. Bitte, nimm mich endlich!«

»Du kannst es kaum erwarten, was?« Ein leises Lachen war zu hören. Im nächsten Augenblick massierte er meinen Juwelensack, aber auf so raffinierte Weise, dass es zu keiner Berührung mit dem Schaft kam – hätte er ihn berührt, wäre ich sofort gekommen!

»Ja, das gefällt meinem Luder«, brummte er zufrieden, »und jetzt bitte mich um einen Fick!«

Sofort rief, ja schrie ich geradezu: »Bitte, bitte, fick mich doch! Ich halte das nicht mehr aus, also bitte, bitte, nimm mich endlich!«

Martin war nun genauso aufgeheizt wie ich, weshalb er seinen Prügel kurz ansetzte und ihn dann langsam, Zoll für Zoll in mich hineinsteckte. Am Anfang war es etwas unangenehm, denn obwohl ich mich entspannte, um das Eindringen zu erleichtern, war sein Ding so riesig, dass ich Zweifel hatte, es ganz aufnehmen zu können.

Stück für Stück schob er seinen Riemen vor, der mich komplett ausfüllte. Es war nicht ganz einfach, aber dennoch gelang es ihm, das Ding immer weiter reinzuschieben, bis am Ende tatsächlich alles in mir steckte.

»Geil«, keuchte ich »das ist unglaublich schön!«

»Dann warte ab, bis das hier passiert«, meinte er süffisant. Im nächsten Moment zog er seinen Schwanz etwas zurück, um im nächsten Augenblick wieder vorzustoßen.

Ich stöhnte laut auf.

»Tut das weh?«

»Nein, alles gut, es fühlt sich nur – nur geradezu himmlisch an.«

»Na dann…«

Damit begann er mich zu stoßen. Wir hatten rasch unseren gemeinsamen Rhythmus gefunden, und mit jedem Stoß genoss ich die Füllung meines Darmes mehr!

Martin ließ sich viel Zeit. Ganz offensichtlich wollte er keine schnelle Nummer, sondern mich gänzlich fertig machen.

Als ich es nicht mehr aushielt, bettelte ich um einen schnelleren Rhythmus. »Komm, mach mich fertig, pump mich voll!« jaulte ich vor Wonne und Wollust.

»Ja, bettle ruhig um mein Sperma! Ich mag es, wenn ein so geiles Luder wie du mich darum anfleht!«

Damit stieß er mich weiter, aber schließlich konnte ich spüren, wie er leicht verkrampfte – sein Höhepunkt nahte mit riesigen Schritten, und als er es nicht mehr aushalten konnte, stieß er einen heiseren Schrei aus und spritzte ab! Sein Saft schoss in meinen Körper und klatschte dort an die Darmwand. Er flutete mein Inneres wie bei eine Jahrhundertflut das flache Land, es hörte scheinbar überhaupt nicht auf.

Endlich verwandelten sich die Monsterwellen in normale Wellen, die schließlich aber auch versiegten.

Schweratmend verharrte ich in der Hundestellung, während sein erschöpfter Körper über mir hing. Sein erschlafftes Glied steckte noch in mir, aber es dauerte einige Momente, bis er die Kraft fand, es ganz aus mir herauszuziehen.

Endlich kamen wir wieder in der Realität an.

»Das war gut, einfach riesig!« schwärmte ich.

»Ja, du bist schön eng, das ist ein irres Gefühl, dich so intensiv zu spüren!«

Wir legten uns nebeneinander auf das Bett und ließen unsere Hände die Körper erforschen. Minutenlang streichelten wir unsere Arme, Brust und Schenkel, bevor ich mich zu ihm hinüberbeugte und meine Zunge auf seinen Nippeln tanzen ließ. Sofort regten sich unsere kleinen Freunde und hofften auf eine zweite Runde. Sie sollten nicht enttäuscht werden.

Martin verlangte als Erster eine weitere Nummer. Dabei wollte er es mir mit dem Mund besorgen, aber ich widersprach: »Du hast dich bereits in meinem Hintern ausgetobt, deshalb ist jetzt dein Arsch dran um verwöhnt zu werden.«

Im nächsten Augenblick setzte ich mich auf und bedeutete ihm, sich auf meinen steifen Ständer zu setzen. Er ließ sich nicht zweimal bitten und kam ohne Murren der Aufforderung nach. Langsam, ganz langsam ließ er sich auf mein Glied hinabgleiten und spießte sich vorsichtig auf.

Endlich saß er ganz auf mir und mein Ständer

war bis zur Wurzel in seinem Hintern versenkt.

Es fühlte sich wunderbar an! Er schien die gleichen Empfindungen zu haben, und so genossen wir eine Weile das Gefühl unserer engen Verbundenheit.

Dann aber siegte meine Geilheit: »Los, Kerl, reite mich!« forderte ich ihn laut auf.

Sofort kam Leben in ihn. Er hob kurz seinen Körper und ließ mein Glied etwas hinausgleiten, um sich im nächsten Moment wieder abzusenken und meinen Ständer komplett aufzunehmen.

Nach wenigen Augenblicken hatten wir unseren gemeinsamen Rhythmus gefunden und wir stießen uns in den siebten Himmel!

Es war ein wilder und ungestümer Ritt, bei dem ich mehr als einmal vor dem Samenerguss stand. Martin schien das genau zu spüren und änderte immer im letzten Moment den Rhythmus, wodurch meine Entladung hinausgezögert wurde.

Ich war dem Wahnsinn nahe und wollte einfach nur noch abspritzen, aber Martin hielt tapfer dagegen.

»Los, lass mich endlich abspritzen, du gemeiner Kerl!«

»Wie heißt das Zauberwort?« kam die keuchende Antwort.

»Bitte, bitte, lass mich abspritzen«, schrie ich mit sich überschlagender Stimme.

»Siehst du, geht doch!«

Damit ging er in einen furiosen Galopp über und ritt mich wie der Teufel! Schon nach wenigen Stößen war ich fällig und pumpte meinen Saft in seinen Hintern. Es war so viel, dass es sofort wieder hinauslief und meinen Schwanz verschmierte, aber das war mir egal.

Schwer atmend ließ ich mich aus der sitzenden Position auf das Bett sinken, Wenige Augenblicke später lag ein entrückt dreinblickender Martin neben mir.

»Das war wunderbar! Du bist ein echt guter Stecher!« lobte er

»Und du bist ein verdammt guter Reiter!« gab ich zurück.

Dann lagen wir schweratmend nebeneinander. Dieses Mal dauerte es etwas länger, bis sich unsere Atmung normalisiert hatte.

Ich war als erster zu einer neuen Runde bereit. Obwohl Martin noch etwas benommen wirkte, ließ er sich von mir in die Hundestellung dirigieren. Der Anblick von seinem Prachtarsch faszinierte mich. Rasch vergrub ich meine Finger in seinen Pobacken und knetete sie genüsslich durch. Ein Stöhnen zeigte mir, dass es auf Wohlgefallen stieß.

Nach einer Weile zog ich seine Pobacken auseinander. Nun lag seine Rosette vor mir, noch immer von meinem Samen feucht glänzend.

Ich starrte auf die Öffnung, bis mein Mund von ihr geradezu magisch angezogen wurde. Bevor ich es selber realisieren konnte, küsste ich bereits seinen Hintereingang. Er roch nach meinem Lustsaft und schmeckte auch danach.

Immer heftiger küsste ich sein Loch und ließ schließlich meine Zunge vorschnellen. Sanft umspielte ich damit seine Rosette.

Leises Stöhnen zeigte mir, dass Martin meine Liebkosung genoss.

Immer heftiger saugte ich an seinem Loch, bis ich nicht mehr weiter wusste und ihm kurzentschlossen meine Zunge reinsteckte.

»Mein Gott, Ricky, was tust du da nur, was machst du mit mir!«

Statt zu antworten leckte und saugte ich immer heftiger. Mein Sperma, das ich ihm so bereitwillig hinten reingeblasen hatte, holte ich nun aus dem vorderen Teil seines Anus wieder heraus.

Als nichts mehr zu holen war, zog ich mich zurück und legte mich wieder neben ihn. Sofort nahm er meinen Kopf in seine beiden Hände und küsste mich wild und intensiv auf den Mund. Seine Zunge drang heftig züngelnd in meinen Mund ein und tanzte mit meiner Zunge eine heiße Samba

Noch während des Küssens ließ er eine Hand wandern, und nur wenige Sekundenbruchteile später spürte ich, wie sie meinen Penis fest umschloss. Bevor ich reagieren konnte, begann er mein Ding zu rubbeln als würde es kein Morgen geben. Mit dieser Intensität hatte ich nicht gerechnet, und da ich vom Lecken seiner Rosette noch total aufgeheizt war, dauerte es nicht lange, bis ich meinen Samen verschoss. Heftig zuckend ließ ich den Saft in mehreren Wellen aus mir raus. Er schoss in die Höhe, bevor er sich wieder nach unten wandte und klatschend auf unseren nackten Körpern landete.

Als ich mich restlos verströmt hatte, forderte Martin: »Du kleine Drecksau hast mich vollgespritzt, also wirst du mich auch saubermachen. Los, alles auflecken!«

Diesem Befehl kam ich nur zu gerne nach. Es war ein komisches, aber total erregendes Gefühl, meinen eigenen Saft von diesem Traumkörper abzuschlecken!

Auch Martin erregte die Situation. Er ließ mich ein paar Minuten gewähren, aber dann unterbrach er meine Säuberungsaktion: »Du bist zu langsam! Ich werde dir mal zeigen, wie das geht!«

Damit brachte er sich in Position und begann nun seinerseits damit, meinen Körper vom Sperma zu befreien. Schnell und gierig fuhr seine Zunge meinen Körper entlang, und selbst als nicht der kleinste Tropfen mehr zu finden war, hörte er nicht auf. Ich konnte spüren, wie er wieder einen Ständer bekam. Sofort überkam mich die Lust, ihn erneut in mir zu spüren.

»Los, komm, lass das lecken und fick mich! Nagel mich ordentlich durch!«

»Nichts lieber als das, du geile Stute!«

Rasch drehte er mich auf den Rücken und legte sich meine gespreizten Beine auf die Schultern. Ich verstand sofort und verschränkte sie in seinem Nacken. Mein Poloch lag nun einladend vor ihm und wartete auf den Besuch von seinem prallen Ständer, der bereits seine volle Größe erreicht hatte.

Behutsam setzte er die Eichel an mein Loch und drang vorsichtig ein. Da ich inzwischen wusste, was mich erwartete und welchen Genuss sein Prügel mir bereiten konnte, ließ ich ihn willig gewähren.

Martin kostete jeden Moment aus. Er genoss es, mich zappeln zu lassen und überließ mich lächelnd dem erwartungsvollen Feuer gieriger Lust.

Endlich hielt er es aber selber nicht mehr aus. Mit ein paar schnellen Stößen drang er in mich ein und verharrte dann einen Moment. Ich genoss die Füllung und wollte dieses Gefühl für immer behalten!

Nach einigen Sekunden legte Martin dann los. Er ließ seinen Hammer von der Leine und stieß zu – erst sanft, dann schneller und immer schneller! Er vögelte mich in den siebten Himmel und noch darüber hinaus! Ich schrie meine Lust in den Raum hinaus und hörte erst auf, als meine Lusthöhle von seinem Geilsaft geflutet wurde. Es war viel, verdammt viel, was er in mich reinpumpte!

Schließlich zog er sich aus mir zurück. Natürlich hielt er mir sofort seinen Schwanz vor den Mund und kommandierte: »Los, sauberlecken.« als ich ihn erschöpft ansah, fügte er hinzu: »Du hast ihn schmutzig gemacht, also musst du ihn auch säubern.«

Das klang logisch, und natürlich ließ ich mir die

Gelegenheit nicht entgehen, diesen Pracht-schwanz erneut in den Mund zu bekommen. Bevor er es sich also anders überlegen konnte, schnappte ich zu und lutschte sein Ding blitz-blank. Zum Dank bekam ich noch eine Ladung Lustsaft, die ich gierig schluckte.

Danach fielen wir beide restlos erschöpft auf das Bett. Wir schmiegten uns aneinander und waren Sekunden später in der Löffelchenstellung eingeschlafen - ein wunderbares Gefühl! Aus meinem Hintereingang tropften zwar noch Minu-ten später Samenfäden, aber das war mir völlig egal.

Ein neuer Morgen

Am nächsten Morgen wurde ich von einem Geräusch geweckt. Im ersten Moment dachte ich an Einbrecher, aber dann dämmerte mir, dass ich mich in einem fremden Haus befand, deren Eigentümer bereits aufgestanden sein mussten. Den Geräuschen nach zu urteilen hantierten sie gerade in der Küche.

Martin schien nichts mitbekommen zu haben, denn er lag direkt neben mir und schlief. Ich wusste, dass wir beide nackt waren und der Gedanke daran erregte mich. Sein Atem kitzelte meinen Hals, was meine Lust weiter anheizte. Ich nahm seinen Geruch auf und sog ihn tief in meine Nase – er roch wunderbar! Meine Gedanken begannen um den gestrigen Abend zu kreisen, und währenddessen hatte ich die ganze Zeit seinen Duft in der Nase und spürte seinen Atem auf meiner Haut. Die Atmosphäre des Zimmers lud sich rasend schnell mit erotischer Energie auf. Schließlich konnte ich mich nicht mehr zurückhalten und beugte mich zu ihm hinüber – Sekunden später küsste ich sanft sein Gesicht. Eigentlich sollte es nur ein Kuss werden, aber einmal angefangen, war es rasch wie eine Sucht

– ich küsste ihn wieder und wieder, es war einfach stärker als ich.

Es dauerte mehrere Momente, bis Martin verschlafen die Augen öffnete.

»Hallo, mein Schatz«, murmelte er noch etwas schlaftrunken, »das nenne ich aber mal eine sehr schöne Weckmethode!«

»Tut mir leid, ich wollte dich nicht wecken. Aber wie du da gelegen hast, musste ich dich einfach küssen.«

»Das ist auch genau richtig, denn Liebende sollten sich immer küssen, morgens, abends und während des gesamten Tages.«

Inzwischen war er vollständig erwacht – auch zwischen den Beinen, wie ich deutlich spüren konnte.

Martin zog mich eng an sich heran und küsste mich voller Leidenschaft. Natürlich erwiderte ich seine Küsse mit der wilden Leidenschaft eines aufrichtig Liebenden.

»Du bist scharf«, stellte er fest.

»Wundert dich das?«

Er lachte leise. »Nein, eigentlich nicht.«

Dann fuhr er fort: »Komm, leg dich auf den Rücken und winkle die Beine an.«

Ich ahnte, was er vorhatte und nahm nur zu

bereitwillig die Position ein. Kaum lag ich da, war er schon über mir. Ich konnte deutlich seine Eichel an meinem Hintereingang fühlen, aber er verharrte dort nur kurz. Offensichtlich hatte ihn die morgendliche Situation ebenfalls heiß gemacht, denn schon nach wenigen Sekunden drang er vorsichtig in mich ein. Tiefer und tiefer schob er sein Glied, bis es schließlich bis zur Wurzel in mir steckte. Dann begann er mich rhythmisch zu stoßen, wieder und wieder. Es war wunderbar, geradezu himmlisch, ihn so tief in mir zu fühlen! Während ich meine Lust in den Raum stöhnte, keuchte Martin vor Lust über mir. Immer wieder schauten wir uns in die Augen und sahen darin das glückliche Leuchten.

Nach einigen weiteren Stößen verschwamm jedoch alles vor meinen Augen, ich war nur noch von Lust erfüllt und sehnte den Höhepunkt herbei. Auch Martin schien das gemeinsame Aufwachen total geil gemacht zu haben, denn es brauchte nicht sehr lange, bis er sich in mir verströmte.

Erschöpft sank er neben mir aufs Bett. Es dauerte einige Zeit, bis wir wieder genug Atem geschöpft hatte.

»Das war wunderschön!« hauchte ich ihm zu,

»das möchte ich jeden Morgen haben!«

»Kein Problem«, grinste er mich frech an, »aber nur, wenn du mich jeden Morgen mit zärtlichen Küssen wecken wirst!«

»Das bekomme ich hin«, lachte ich.

Martin warf einen Blick auf die Uhr. »Komm, las uns duschen, wir haben noch den Rückweg vor uns – und leider auch einen neuen Arbeitstag.«

Etwas frustriert zog ich die Bettdecke über das Gesicht. Gerade war es so schön, und dann kam der Alltag um die Ecke.

Martin zog mir lachend die Bettdecke weg. »Los, du Faulpelz, aufstehen!«

»Muss das sein?« maulte ich.

»Ja, da hilft alles nichts, da musst du durch. Aber wenn du schnell genug bist, können wir zusammen duschen.«

Das wirkte sofort! Die Aussicht, mit meinem Traummann unter der Dusche zu stehen, weckte sofort ungeahnte Kräfte in mir. Nackt, wie ich war, sprang ich aus dem Bett und rannte hinter Martin her, der sich schon auf den Weg ins Bad gemacht hatte.

Plötzlich standen Christian und Sandra vor mir. Dass in dem verführerischen Nichts eines kurzen Nachthemds tatsächlich ein Mann steckte, wurde mir erst jetzt so richtig bewusst – Sandra oder besser Thomas war noch unrasiert und die Bartstoppeln standen im Kontrast zu seinem femininen Erscheinungsbild.

»Äh - hallo«, grüßte ich die beiden, »ich wollte schnell ins Bad.«

Während mich Sandra/Thomas interessiert musterte, lachte sein Mann fröhlich: »Dir auch einen schönen, guten Morgen! Du musst dich beeilen, Thomas hat einen kleinen Vorsprung.«

Ich bedankte mich und lief rasch ins Bad.

»Wo bleibst du denn?« empfing mich Martin.

Rasch erzählte ich von meinem kurzen Gespräch mit unseren Gastgebern, aber danach gab es kein Halten mehr! Rasch stieg ich zu Martin in die Dusche. Er drehte das Wasser an und begann mich unter dem Wasserstrahl feurig zu küssen. Natürlich wollte ich ihm in nichts nachstehen und erwiderte seine Küsse voller Leidenschaft.

Während des Küssens wanderten seine Hände meinen Oberkörper entlang. An den Brustwarzen verweilten sie kurz, dann zogen sie weiter. Aber nicht für lange, denn rasch kehrten sie zu meinen Nippen zurück und liebkosten sie sanft. Meiner Kehle entrang sich ein Gurren.

»Na sieh mal einer an, da ist ja jemand richtig scharf«, lächelte er, als mein erigiertes Glied gegen seinen Körper stieß.

Ich wollte antworten, brachte aber nur ein paar unverständliche Worte heraus.

»So kann ich dich nicht zur Arbeit lassen, du würdest ja in diesem Zustand über jeden Kerl sofort herfallen. Dabei gehörst du doch zu mir. Aber keine Sorge, ich weiß schon, wie ich dir helfen kann!«

Damit ging er vor mir auf die Knie. Sekundenbruchteile später hielt er meinen Penis erst in der Hand und streichelte ihn, bevor er ihn in den Mund nahm. Schnell hatten wir unseren Rhythmus gefunden, und nach mehrmaligem Nicken seines Kopfes kam es mir schon. Heiß schoss meine Sahne direkt in seinen Mund, und er schluckte alles ohne Probleme.

Als nichts mehr aus meinem Glied kam, erhob sich Martin wieder und nahm mich ganz fest in den Arm.

»Ein köstliches Frühstück! Das möchte ich auch jeden Morgen!«

»Nichts lieber als das!«

Nach diesem wunderbaren Blowjob machten wir uns aber doch endlich ans Duschen. Es war unglaublich erregend, seinen durchtrainierten Körper von oben bis unten einzuseifen, wobei ich auf seine Körpermitte besonders viel Sorgfalt verwendete. Durch die Berührung wurde er sofort hart, was mich sofort wieder lüstern werden ließ.

Martin merkte sofort, was in mir vorging. Kurz entschlossen nahm er mir die Flasche mit dem Duschgel ab und begann nun seinerseits, mich vollständig einzuseifen.

Nachdem wir über und über mit Seifenschaum bedeckt waren, duschten wir uns gegenseitig ab. Den Anfang machte ich mit Martin, danach wechselten wir.

Martin hatte mich schon fast vollständig abgeduscht, als er plötzlich meinte: »In deiner Pokerbe ist noch Seifenschaum. Bück dich mal, dann geht es besser.«

Arglos kam ich seinem Wunsch nach, aber kaum stand ich in gebückter Haltung vor ihm, drang sein Glied in mich ein.

»Sorry«, stöhnte er, »aber du hast so scharf ausgesehen, da muss ich dich einfach nochmal bumsen!«

Als Antwort bekam er undefinierbare Laute, denn ich genoss sein Eindringen mit meinen ganzen Sinnen. Während das Wasser auf meinen Rücken prasselte und an meinem Körper hinablief, steckte sein Prügel tief in mir drinnen und besorgte es mir nach allen Regeln der Kunst. Er vögelte wunderbar, ein wahrer Sexgott!

Nachdem er sich in mir verströmt hatte, durfte ich sein Glied reinigen. Danach säuberte er meinen Hintereingang von den ausgetretenen Samenfäden.

Endlich waren wir mit dem Duschen fertig.

»Christian und Thomas – pardon, Sandra, warten bestimmt schon ganz ungeduldig darauf, dass wir fertig werden. «

»Keine Panik, Christian ist selbständig und macht sich seine Arbeitszeit selber, während Sandra von zu Hause aus arbeitet.«

»Das geht?«

»Sie ist Bloggerin, das hatte ich dir ja schon gesagt – und frühmorgens ist nur selten ein Follower online. Also alles kein Problem.«

Und wirklich schien für die beiden Hauseigentümer unser langer Aufenthalt im Bad tatsächlich kein Problem zu sein. Als wir aus dem Bad kamen, riefen sie uns aus der Küche zu, dass das Frühstück fertig sei.

»Verdammt, ich bin ja nackt!« entfuhr es mir. Bei der Vorfreude auf das gemeinsame Duschen hatte ich vergessen, meine Shorts mit ins Bad zu nehmen.

»Kein Problem«, beruhigte mich Martin, »erstens bin ich auch nackt und zweitens wird das die beiden nicht stören.«

»Bist du sicher?« fragte ich zögernd nach.

»Natürlich! Außerdem siehst du toll aus, für dein Aussehen brauchst du dich also nicht zu schämen.«

»Na ja...« So ganz überzeugte er mich noch nicht.

»Im Übrigen haben dich die beiden doch vorhin schon nackt gesehen – auf dem Weg zum Bad.«

Das stimmte.

»Also alles kein Problem. Komm, lass uns frühstücken!«

Damit steuerte er schnurstracks auf die Küche zu. Ich folgte ihm eher zögerlich.

Die Küche war in ihrer Gestaltung zweigeteilt: Während die eine Hälfte die typische Ausstattung und Gestaltung einer Küche aufwies, war die andere Hälfte wie ein Esszimmer möbliert. Die Sitzecke wirkte richtig gemütlich.

»Komm, Rick«, lockte mich Christian, »nur nicht so schüchtern. Sei einfach du selbst.«

Das war leichter gesagt als getan, denn mein

Schamgefühl war noch nicht restlos überwunden. Aber mit zunehmender Dauer des Frühstücks taute ich auf und wurde lockerer. Am Ende hatte ich sogar vergessen, dass ich neben dem unbekleideten Martin und zwei angezogenen weiteren Männern saß. Nur wenn ich an Martin dachte oder kurz zu ihm hinüberblickte, bereute ich meine Nacktheit, denn mein Prügel richtete sich für alle gut sichtbar zu seiner vollen Größe auf.

»Da hat wohl jemand noch nicht genug Sex bekommen«, schmunzelte der inzwischen rasierte Thomas, den ich mir in diesem Zustand wieder gut als Sandra vorstellen konnte.

»Für den Augenblick reicht es«, antwortete ich ebenfalls lachend.

»Das ist gut«, meinte Martin, »nicht, dass du bei der Arbeit auf dumme Gedanken kommst! Aber du musst auch nur bis heute Nachmittag durchhalten – dann treffen wir uns wieder und ich werde dich wieder ausgiebig stopfen!«

Spontan gab ich ihm dafür einen dicken Kuss. Die Aussicht, nach einem neuen Arbeitstag von diesem Traummann rangenommen zu werden, machte mich überglücklich!

»Ich werde den ganzen Tag an nichts anderes denken als an dich, deinen Schwanz und wie du es mir besorgen wirst«, flüsterte ich ihm zu.

»Dann genieße die Vorfreude!« war die vielversprechende Antwort.

Kurz darauf zogen wir uns an – da wir beide von den Ereignissen überrollt worden waren, hatten wir keine Wechselwäsche dabei. Im Büro würden sie schön schauen, wenn ich in den gleichen Sachen wie am Vortag erscheinen würde – und tuscheln, der Flurfunk war schließlich immer auf der Suche nach neuen Klatschgeschichten.

Schließlich verabschiedeten wir uns von Christian und Sandra. Wir mussten ihnen versprechen, möglichst bald wieder vorbeizuschauen. Ich mochte die beiden sehr, deshalb fiel es mir leicht, diese Zusage zu geben.

Danach fuhr mich Martin zum Restaurant, wo mein Wagen einsam auf dem Parkplatz stand.

»Bis später, mein Schatz!«

»Ich freue mich schon, Traummann«, erwiderte ich.

Zum Abschied küssten wir uns noch einmal ganz inniglich. In ein paar Stunden würden wir uns wiedersehen – und mit Sicherheit lüstern übereinander herfallen. Aber das ist eine andere Geschichte...

Bücher befreundeter Autoren:

Thomas Frohsinn

Küssende Männerherzen

Homosexuelle Liebeslyrik

ISBN 978-3-7519-1481-9

'

I. DIGAS

Gleich und Gleich bestraft sich gerne

Spankinggeschichten F/F und M/M

ISBN 978-3-7543-14-73-9